AF202665

Tucholsky Wagner Zola Scott Sydow Freud Schlegel
Turgenev Wallace Fonatne

Twain Walther von der Vogelweide Fouqué Friedrich II. von Preußen
Weber Freiligrath Frey

Fechner Fichte Weiße Rose von Fallersleben Kant Ernst Richthofen Frommel

Fehrs Engels Fielding Hölderlin Tacitus Dumas
Faber Flaubert Eichendorff

Feuerbach Maximilian I. von Habsburg Fock Eliasberg Zweig Ebner Eschenbach
Ewald Eliot Vergil

Goethe Elisabeth von Österreich London
Mendelssohn Balzac Shakespeare Dostojewski Ganghofer
Lichtenberg Rathenau
Trackl Stevenson Hambruch Doyle Gjellerup
Mommsen Tolstoi Lenz Droste-Hülshoff
Thoma Hanrieder

Dach Verne von Arnim Hägele Hauff Humboldt
Reuter Rousseau Hagen Hauptmann Gautier
Karrillon Garschin Baudelaire
Damaschke Defoe Hebbel
Descartes Hegel Kussmaul Herder

Wolfram von Eschenbach Dickens Schopenhauer Rilke George
Bronner Darwin Melville Grimm Jerome Bebel
Campe Horváth Aristoteles Proust

Bismarck Vigny Barlach Voltaire Federer Herodot
Gengenbach Heine

Storm Casanova Tersteegen Grillparzer Georgy
Chamberlain Lessing Langbein Gilm
Brentano Lafontaine Gryphius
Strachwitz Claudius Schiller Kralik Iffland Sokrates
Katharina II. von Rußland Bellamy Schilling
Gerstäcker Raabe Gibbon Tschechow

Löns Hesse Hoffmann Gogol Wilde Vulpius
Luther Heym Hofmannsthal Klee Hölty Morgenstern Gleim
Roth Heyse Klopstock Kleist Goedicke
Luxemburg Puschkin Homer
La Roche Horaz Mörike Musil
Machiavelli
Navarra Aurel Musset Kierkegaard Kraft Kraus
Nestroy Marie de France Lamprecht Kind Kirchhoff Hugo Moltke

Nietzsche Nansen Laotse Ipsen Liebknecht
Marx Lassalle Gorki Klett Ringelnatz
von Ossietzky May Leibniz
vom Stein Lawrence Irving
Petalozzi Platon Knigge
Sachs Pückler Michelangelo Kock Kafka
Poe Liebermann Korolenko
de Sade Praetorius Mistral Zetkin

Der Verlag tredition aus Hamburg veröffentlicht in der Reihe **TREDITION CLASSICS** Werke aus mehr als zwei Jahrtausenden. Diese waren zu einem Großteil vergriffen oder nur noch antiquarisch erhältlich.

Symbolfigur für **TREDITION CLASSICS** ist Johannes Gutenberg (1400 — 1468), der Erfinder des Buchdrucks mit Metalllettern und der Druckerpresse.

Mit der Buchreihe **TREDITION CLASSICS** verfolgt tredition das Ziel, tausende Klassiker der Weltliteratur verschiedener Sprachen wieder als gedruckte Bücher aufzulegen – und das weltweit!

Die Buchreihe dient zur Bewahrung der Literatur und Förderung der Kultur. Sie trägt so dazu bei, dass viele tausend Werke nicht in Vergessenheit geraten.

Mary Ferrera spielt System

Edgar Wallace

Impressum

Autor: Edgar Wallace
Übersetzung: Ravi Ravendro
Umschlagkonzept: toepferschumann, Berlin

Verlag: tradition GmbH, Hamburg
ISBN: 978-3-8472-3694-8
Printed in Germany

Text der Originalausgabe

Edgar Wallace

Mary Ferrera spielt System

Titel des englischen Originals:
We shall see.

Ins Deutsche übertragen von
Ravi Ravendro.

Kriminalroman

1

Ich weiß nicht genau, welcher Nation Billington Stabbat angehörte; er mochte Engländer, Amerikaner, Kanadier oder Australier sein. Zufällig nur erfuhr ich, daß er in Lima, der Hauptstadt von Peru, geboren wurde. Er konnte stundenlang über Peru sprechen und wußte in der Geschichte dieses Landes sehr gut Bescheid.

Über seine Eltern habe ich nie etwas gehört, und über sein früheres Leben ist mir nicht viel bekannt. Er war fast in der ganzen Welt umhergereist, als ich ihn während des Weltkriegs in Frankreich traf. Damals diente er bei der amerikanischen Armee und war im Großen Hauptquartier tätig. Es wird allgemein behauptet, daß er der beste Nachrichtenoffizier war, den Pershing, der amerikanische Oberbefehlshaber, hatte.

Verbrechen aufzuklären bedeutete für Billy nichts Neues. Schon in Toronto hatte er als Detektiv gearbeitet. Er war ein tüchtiger Mann, und gerade befördert worden, als der Krieg ausbrach.

Viele Leute haben von der Briscoe-Bande gehört, zum mindesten alle Kanadier. Die Mitglieder dieser Bande waren äußerst geschickte Verbrecher. George Briscoe und sein Bruder Tom waren die Führer. Alle Bankdirektoren von Halifax bis nach Victoria haßten die Briscoes. Jeder der beiden Brüder war ein Genie in seiner Art. Sie brachen die Safes auf, ohne Stemmeisen oder Schneidbrenner zu benützen. Sie gingen in die Banken, öffneten einfach die Geldschränke oder Stahlkammern, nahmen, was sie wollten, und verschlossen die Türen wieder. Niemals hinterließen sie Spuren; es fehlten nur später Geld oder Papiere in den Safes. Es sah jedesmal so aus, als ob Bankbeamte, die im Besitz der Schlüssel waren und die Kombinationen der Buchstabenschlösser kannten, den Raub begangen hätten. Ein Bankdirektor, den man verdächtigte, wurde so nervös, daß er sich erschoß.

Die Briscoes waren zäh, weitsichtig und ungewöhnlich begabt und gewandt. Aber Billy fing sie eines Tages trotzdem, und zwar überraschte er Tom mit vier Komplicen bei einem Einbruch. George verhaftete er in einem Hotel in Ottawa, aber das Beweismaterial genügte nicht zu einer Verurteilung. Tom dagegen erhielt zwanzig Jahre Zuchthaus und erhängte sich in seiner Zelle.

Eines Tages traf ich Leslie Jones auf der Treppe zu Billys Büro. Leslie ist nicht groß und hat unglaublich breite Schultern, so daß er noch viel kleiner und beinahe verwachsen aussieht. Er hat ein langes Gesicht mit einer großen Nase und einem breiten, unsymmetrischen Mund, und wenn er lacht, zieht er den einen Mundwinkel höher als den anderen, so daß aus dem Lachen ein Grinsen wird. Ich war erstaunt, ihn hier zu sehen, freute mich aber, daß ich ihn traf. Vor dem Krieg hatte er einen Posten in einem Detektivbüro, und ich wußte nicht, daß er jetzt mit Billy zusammenarbeitete.

»Jones! Das ist aber eine großartige Überraschung! Ich dachte schon, Sie wären gestorben.«

»Nein, wie Sie sehen, bin ich noch sehr lebendig. Ich bin jetzt bei Mr. Billington Stabbat.«

»Wie sind Sie denn mit dem in Verbindung gekommen?«

»Wir lernten uns während des Krieges kennen. Er hat mir das Leben gerettet.«

»Bei welchem Gefecht denn? Ich wußte überhaupt nicht, daß Sie an der Front waren?«

»Ich habe doch nichts von einem Gefecht gesagt, sondern nur, daß er mir das. Leben gerettet hat. Als ich eingezogen wurde, traf ich ihn, und er besorgte mir einen Posten beim Proviantamt in Plymouth. Er ist wirklich ein famoser Kerl. Er hat sich nicht geändert und wird sich auch nicht ändern. Er gibt sein Letztes für einen Freund, und für eine Frau würde er sogar zum Galgen pilgern. Diese Schwäche den Frauen gegenüber wird ihn auch noch ruinieren. Vorige Woche hatten wir einen großen Verlust. Wir haben eine Frau beobachtet, die ihren Mann hinterging, und als wir dann eindeutige Beweise in der Hand hatten, fiel Billy plötzlich um und arbeitete Tag und Nacht, um ein Alibi für die Frau zu schaffen. Sie war nämlich zu ihm gegangen und hatte ihm etwas vorgeweint. Zwei Tränen hingen an den Wimpern, und je zwei rollten die Wangen hinunter. Im ganzen vier Tränen. Die haben uns achthundert Pfund gekostet. Macht pro Tag zweihundert Pfund. Als Billy nachher zurückkam, konnte er nur mit gebrochener Stimme von ihr sprechen. Er sagte, der Mann, der uns den Auftrag gegeben hätte, wäre ein gemeiner, schrecklicher Kerl, der eine solche Frau gar nicht verdiente. Ja, so ist Billy«, meinte Leslie mit melancholischer Bewunderung und zog mich zur Seite, damit ein Arbeiter in weißem Kittel die Treppe hinaufsteigen konnte. »Passen Sie auf, Mr. Mont. Heute wird die Büroeinrichtung fertig. Das war eben einer von den Elektromonteuren.«

Ich sah gleichzeitig auf den Mann, der vorüberging. Er war bleich und hatte einen kurzen roten Bart.

»Jetzt muß ich aber gehen«, erklärte Leslie. »Wir müssen einen Auftrag in Whitechapel ausführen, eine Versicherungsgesellschaft hat uns damit beauftragt. Billy kann Ihnen Näheres darüber erzählen.«

Wir verabschiedeten uns, und ich stieg die Treppe hinauf.

Als ich ins Büro trat, saß Billington am Schreibtisch. Er war etwas über mittelgroß und sah gut aus – glattrasiertes Gesicht, eine hohe, gewölbte Stirn, blaue Augen und ein festes, eckiges Kinn. Manche Leute glaubten, daß er nicht lächeln könnte. Ich kannte ihn aber besser und wußte, wie herzlich er sich über einen Scherz freuen konnte. Er war durchaus kein Spielverderber.

Im Büro machte alles einen neuen Eindruck. Es roch überall nach Lack und frischer Farbe. Bill hatte sich bei der Ausstattung viel Mühe gegeben und alles behaglich und freundlich eingerichtet. Drei Fenster des großen, hohen Raumes führten nach der Bond Street. Früher hatte ein Fotograf sein Atelier hier gehabt. Das Haus besaß keinen Aufzug, und seine Kunden hatten sich häufig darüber beschwert, daß sie drei Treppen hinaufsteigen mußten.

Auf dem Boden lag ein blauer Teppich; auch die Tapete war auf diesen Grundton abgestimmt.

Ein großer Marmorkamin mit zwei mächtigen Löwenfiguren schmückte die eine Wand.

Als ich eintrat, erhob sich Billy und begrüßte mich freundlich.

»Das freut mich aber, Mont!« rief er, als er mir die Hand drückte. »Kommen Sie doch herein. Allerdings müssen Sie auf dem Teppich

Platz nehmen, da die Stühle noch nicht geliefert worden sind. Wie gefällt Ihnen mein neuer Geschäftsraum?«

Nachdem er mich begrüßt hatte, kehrte er beinahe hastig hinter seinen Schreibtisch zurück.

»Setzen Sie sich doch bitte auf das Fensterbrett. Augenblicklich stehen Sie nämlich in meiner Schußlinie.«

»In Ihrer Feuerlinie?« Ich wollte meinen Ohren nicht trauen.

»Ja«, erwiderte Billy ruhig. »Haben Sie noch nie etwas von einer Schußlinie gehört?«

Ich setzte mich also auf das Fensterbrett, betastete es aber vorher vorsichtig, denn Fensterbretter trocknen in renovierten Wohnungen gewöhnlich als letztes. Dann sah ich ein rotes Seidentaschentuch auf Bills Schreibtisch, unter dem ein Browning hervorschaute. Ich wunderte mich darüber. Er sah zur Tür, und als ich mich umdrehte, entdeckte ich, daß der Handwerker mit dem roten Bart ins Zimmer gekommen war. Der Mann betrachtete das Deckengesims, seine Finger spielten mit einem Zollstock.

»George«, sagte Billington ruhig, »kommen Sie hierher und halten Sie Ihre Hände so, daß ich sie sehen kann. Wenn Sie in die Tasche fassen, schieße ich Sie sofort mausetot.«

Der andere kam langsam zum Schreibtisch, ohne den Blick von Billy zu wenden.

»Ich möchte Sie mit Sergeant Mont von Scotland Yard bekanntmachen«, fuhr Billy fort. »Dies ist Mr. George Briscoe aus Kanada. Wie geht es Ihnen denn jetzt, George?«

Der Elektriker biß sich nur auf die Unterlippe und schwieg.

»Ich habe nämlich Georges Bruder auf zwanzig Jahre ins Zuchthaus gebracht«, erzählte Billy im Unterhaltungston, als ob er irgendeine alltägliche Sache erklärte. »Deshalb ist George natürlich ein wenig böse mit mir. Vermutlich ist er herübergekommen, um mit mir abzurechnen. Sie hatten bis jetzt noch wenig Gelegenheit dazu, was?«

Briscoe erwiderte auch jetzt noch nichts.

»Wie geht es übrigens Tom?« fragte Billington.

Nun brach der Mann endlich das Schweigen.

»Tom ist tot, das wissen Sie ganz genau«, sagte er leise, aber erregt, und ich sah deutlich, daß er zitterte.

»Ach, der arme Tom! Er war wirklich ein kluger und gescheiter Junge. Der konnte mehr als Sie, George. Nun, wir können ja nicht ewig leben. Früher oder später muß jeder von uns einmal daran glauben.«

Briscoe senkte den Blick.

»Ich führe jetzt ein anständiges Leben, Mr. Stabbat. Es ist ein reiner Zufall, daß ich gerade für diese Arbeit engagiert wurde. Vor zwei Jahren kam ich von Kanada herüber, um von neuem anzufangen.«

»Vor sechs Monaten sind Sie gekommen«, entgegnete Billy freundlich, »und Sie haben die Stelle erhalten, weil Sie dem Polier eine Zehnpfundnote in die Hand drückten. Und wenn Sie sagen, Sie führen jetzt ein anständiges Leben, so muß ich Sie doch darauf aufmerksam machen, daß Sie sich im vergangenen Dezember an dem Einbruch beim Juwelier Roberts in der Regent Street beteiligt haben. Ich zweifle aber daran, daß Mr. Mont Ihnen das nachweisen kann. Und mich geht die Sache ja nichts an.« Er zuckte die Schultern. »Ich bin jetzt mit friedlichen Nachforschungen beschäftigt und beobachte böse Frauen für ihre tugendhaften Ehegatten oder böse Männer für ihre trostlosen Frauen. Als Privatdetektiv habe ich fast nur noch mit Ehescheidungssachen zu tun.«

George fuhr mit der Hand über den Bart.

»Sie sind ein tüchtiger Kerl, Stabbat«, sagte er. Seine Stimme verriet, daß er eine gute Erziehung genossen hatte. »Aber glauben Sie mir, früher oder später erwische ich Sie doch noch.«

»Wir werden ja sehen«, entgegnete Billy.

Diese Redensart führte er dauernd im Munde. Sie gab eigentlich seine Lebensauffassung wieder. Immer wartete er auf das Morgen, ob es ihm eine neue Aufgabe, Arbeit oder Vergnügen, Belohnung oder Gefahr bringen mochte.

»Ich mache Ihnen keinen Vorwurf, George«, fuhr er fort, »weil Sie mir das Lebenslicht ausblasen wollen. Im Gegenteil. Wenn ich an

Ihrer Stelle wäre, würde ich dasselbe tun. Es ist ein Ausdruck von brüderlicher Liebe, und ich achte Sie deshalb. Es ist etwas Schönes, wenn Brüder zusammenhalten. Aber es war schließlich nicht mein Fehler, daß ich Sie nicht beide zu gleicher Zeit faßte. Aber ob Sie mich erwischen oder ich Sie, das werden wir ja sehen!«

»Sie hätten einen guten Partner abgegeben, Stabbat. Es tut mir leid, daß ich gegen Sie vorgehen muß, aber es bleibt mir nichts anderes übrig.«

Billy nickte verständnisvoll.

»Ich verstehe«, erwiderte er beinahe entschuldigend. »Nun machen Sie aber weiter.«

George schien noch etwas sagen zu wollen, änderte jedoch seine Absicht und ging langsam zur Tür. Dort stand er einige Zeit, hielt die Türklinke in der Hand und dachte nach. Als er dann sprach, blitzten seine Augen gefährlich.

»Ich bin heute mit meiner Arbeit hier fertig geworden. Sie sind also von meiner Gesellschaft befreit und brauchen sich nicht mehr zu fürchten!«

Billington Stabbat lehnte sich in seinem Sessel zurück und lachte.

»Im Ernst, George, und von Mann zu Mann gesprochen, glauben Sie wirklich, daß ich mich vor Ihnen fürchte?«

Briscoe zögerte.

»Nein, ich glaube nicht«, sagte er schließlich. »Vermutlich haben Sie, seit ich hier bin, die Pistole nur aus Gewohnheit auf den Schreibtisch gelegt?«

Billy nickte.

»Also auf Wiedersehen«, verabschiedete sich George.

»Auf Wiedersehen«, entgegnete Billy freundlich.

Die Tür schloß sich hinter diesem merkwürdigen Verbrecher. Ich war sehr erstaunt, aber Billy sah mich lachend an.

2

Von mir selbst muß ich berichten, daß ich damals gerade Erholungsurlaub hatte. Bei der Verhaftung des Mörders von Canning Town kam es nämlich zu Tätlichkeiten. Der Mann schlug mit einer kurzen, schweren Eisenstange wütend um sich, und ich erhielt mehrere Hiebe, ehe es meinem Kollegen gelang, ihn durch einen Schlag mit dem Gummiknüppel bewußtlos zu machen. Der Chefinspektor bestand darauf, daß ich den Urlaub antrat, während Inspektor Jennings, der damals mein direkter Vorgesetzter war, zuerst nichts davon hören wollte! Mein Urlaub war in mancher Beziehung sehr nützlich für mich, denn ich konnte wieder einmal alte Freunde besuchen und meine kleine Abhandlung über Lombrosos »Verbrecherische Frauen« schreiben.

Ich habe in Oxford studiert und war eigentlich für den diplomatischen Dienst bestimmt, aber der Tod meines Vaters zwang mich dazu, mir meinen Lebensunterhalt selbst zu verdienen. So kam ich schließlich nach Scotland Yard. Ein alter Freund meines Vaters machte seinen Einfluß geltend, so daß ich gleich eingestellt wurde. Ich wurde verhältnismäßig schnell befördert, und nach meinen letzten Erfolgen sollte ich zum Inspektor ernannt werden.

»Was halten Sie von George?« fragte Billy, als wir allein waren.

»Ein gefährlicher Mann. Sie sagten doch, daß er den Juwelierladen in der Regent Street ausgeplündert hat?«

Billy machte eine abwehrende Handbewegung.

»Gewiß, aber wir wollen jetzt nicht fachsimpeln. Übrigens ist alles, was Sie in diesem Büro hören, vollkommen vertraulich. Es würde Ihnen auch nicht gelingen, George zu überführen. Im Handumdrehen hat der zehn Alibis bereit. Wie geht es denn eigentlich unserem lieben Jennings?«

»Kennen Sie ihn denn auch?« fragte ich überrascht.

»Und ob! Er scheint nicht gerade Ihr Freund zu sein?«

»Wir stehen nicht besonders gut miteinander.«

13

Jennings gehörte zu den engherzigen Leuten der alten Schule, die nichts dazulernen und nichts vergessen.

»Vor zwei Tagen war er hier. Er ist nämlich ein großer Freund von meinem Klienten, Mr. Thomson Dawkes.«

Ich nickte. Dawkes kannte ich seinem Ruf nach, und ich wußte auch, daß Jennings stolz darauf war, einen so reichen Mann zum Bekannten zu haben. Der Inspektor war in Dawkes' Landhaus gewesen und erzählte dauernd von den vornehmen Leuten, die er dort getroffen hatte.

»Darf ich fragen, warum ausgerechnet Dawkes einer Ihrer Kunden ist? Soviel ich weiß, ist er doch verheiratet.«

Billington zwinkerte vergnügt mit den Augen.

»Vielleicht ist er nicht verheiratet. Auf jeden Fall handelt es sich hier nicht um eine Ehegeschichte, sondern nur um eine geplante Verbindung, die ihm Kummer macht.«

Er nahm das Taschentuch fort und legte den Browning in eine Schublade.

»Mont, Sie können mich in diesem Büro fragen, was sie wollen. Können Sie sich nicht einmal auf ein bis zwei Wochen frei machen und sich Urlaub geben lassen?«

»Ich habe Urlaub. Deshalb bin ich doch gerade hier.« Ich erzählte ihm, wie ich zu meinen Ferien gekommen war.

»Das ist ja großartig. Sie wären der Mann, mit dem ich zusammenarbeiten möchte. Denken Sie noch manchmal an die Nacht, als die Deutschen den Höhenzug unter Feuer nahmen und wir beide in einem kalten, nassen Unterstand saßen ...«

Nun tauschten wir allerhand alte Erinnerungen aus. Mir erschien es merkwürdig, daß wir jetzt über diese schrecklichen Tage und Nächte scherzen konnten. Aber das liegt wohl in der menschlichen Natur.

Plötzlich änderte er das Gesprächsthema so abrupt, wie er es aufgegriffen hatte.

»Sie kennen natürlich Thomson Dawkes. Er ist in der Stadt sehr bekannt – und ein Spieler. Ich halte ihn im allgemeinen für etwas gefährlich. Sir Alfred Cawley hat mich ihm empfohlen. Gegen den habe ich allerdings nicht das geringste einzuwenden, das ist ein netter Mensch!«

Billy drehte sich in seinem Sessel um, legte die Füße auf den Tisch und steckte sich eine Zigarre an, während er mir die Kiste zuschob. Vornehme Manieren hat er niemals gehabt, und er bedient sich stets zuerst.

»Als Dawkes während des letzten Frühjahrs in Monte Carlo war, spielte er Trente et Quarante«, fuhr er fort. »Nach einem Gewinn von ungefähr vierzigtausend Franc hatte er genug für den Tag, ging müßig in den großen Sälen umher und beobachtete die anderen Spieler. Besonders achtete er auf eine junge Dame, die schon vorher an seinem Tisch gesessen hatte.

Nach seiner Schilderung muß sie sehr schön sein. Sie war einfach, aber sehr elegant gekleidet und spielte höher als alle anderen an dem Tisch. Allem Anschein nach hatte sie ein bestimmtes System, denn neben ihr lag ein Blatt Papier mit vielen Figuren und Zahlen, das sie mehrfach zu Rate zog.

Sie verlor dauernd, aber mit einer Ruhe und Kaltblütigkeit, die Dawkes' Bewunderung erregte. Ständig spielte sie nachmittags von zwei bis fünf und abends von sieben bis Mitternacht. Dawkes erfuhr von anderen Leuten und von einem liebenswürdigen Croupier, daß sie bereits Millionen verloren hatte. Eine ungeheure Summe.«

»Das sind ja ganz außerordentliche Mißerfolge«, meinte ich. »Sie muß furchtbares Pech gehabt haben.«

»Anders kann ich mir das auch nicht erklären. Als die Spieler allmählich die Säle verließen, sprach Dawkes die junge Dame an. In Monte Carlo kommt man sich leichter näher, man kennt sich eben vom Spieltisch und weiß auch, in welcher finanziellen Lage die einzelnen sind. Er wollte sie über ihre Verluste trösten, aber zu seinem Erstaunen gab sie ihm eine kühle Antwort, ließ ihn stehen und ging zu ihrer Wohnung ins Hotel de Paris, direkt gegenüber dem Casino. Dawkes war das sehr unangenehm, denn er hielt sich für einen Mann, der den Damen im allgemeinen sympathisch ist. Er erkundigte sich in ihrem Hotel und hörte, daß sie sich dort als Mademoiselle Hicks eingetragen hatte. Das war natürlich nur ein angenommener Name, der Dawkes wenig sagte. Am nächsten Nachmittag wartete er lange Zeit auf sie, um sich besser über ihr System zu orientieren, aber sie erschien nicht im Spielsaal. Als er dann wieder in ihrem Hotel vorsprach, stellte sich heraus, daß sie bereits am Morgen nach Calais abgefahren war. Wie sie in Wirklichkeit hieß, konnte niemand sagen. In Monte Carlo hatte sie keine Freunde, hatte auch mit niemand gesprochen und weder einen Herrn noch eine Dame ins Vertrauen gezogen. Dawkes, der große Zähigkeit und Energie besitzt, ließ nicht locker, und schließlich fand sich noch eine Handtasche, die sie zurückgelassen hatte. Die eignete er sich an.

Die Tasche machte einen billigen Eindruck, hatte einen imitierten Schildpattrand und mußte erst in den letzten Tagen gekauft worden sein. In London zahlt man nicht mehr als sieben Schilling dafür. Damen, die spielen und vierzigtausend Pfund bei einem Besuch in Monte Carlo verlieren können, kaufen sich für gewöhnlich nicht derartig billige Sachen. In der Tasche fand Dawkes weiter nichts als etwas französisches Geld, zwei quittierte Hotelrechnungen und die Hälfte einer Fahrkarte dritter Klasse von Brixton nach Victoria. Auch dieser Fund ließ sich eigentlich nicht mit den außerordentlichen Verlusten der jungen Dame zusammenbringen, die allem Anschein nach doch sehr vermögend sein mußte.«

»Es klingt fast, als ob sie mit dem Geld anderer Leute gespielt hätte.«

Billy nickte.

»Der Gedanke ist mir auch sofort gekommen – aber wir werden ja sehen! Um wessen Geld konnte es sich handeln? Wie konnte eine junge Dame aus den Gesellschaftskreisen, zu denen Dawkes sie zählte, sich fremdes Geld aneignen, ohne Verdacht zu erregen? Und vor allem, warum erschien sie nicht nur einmal in Monte Carlo, sondern in regelmäßigen Abständen?«

»In regelmäßigen Abständen?« entgegnete ich erstaunt.

»Ich will Ihnen alles erzählen. Dawkes kam nach England zurück und machte dann eine Geschäftsreise nach New York. Bei seiner Rückkehr landete er in Cherbourg. Einen Platz im Schlafwagen von Paris nach Monte Carlo hatte er bestellt. Er erreichte den Bahnhof auch noch rechtzeitig und konnte den Riviera-Expreß benutzen. Da er müde war, legte er sich sofort nieder. Als er am nächsten Morgen in den Seitengang hinaustrat, fand er auf einem Klappsessel die geheimnisvolle Miss Hicks. Sie sah so selbstbewußt und ruhig aus wie immer, erkannte ihn nicht oder wollte ihn nicht erkennen. Er machte auch nicht den Fehler, sich ihr unter allen Umständen aufzudrängen. Erst am zweiten Abend nach der Ankunft in Monte Carlo sprach er wieder mit ihr. Sie hatte wieder hoch gespielt und beinahe ebensoviel gewonnen, als sie das letztemal verloren hatte.

›Sie hatten aber wirklich Glück‹, sagte Dawkes zu ihr. Sie sah ihn erschrocken an.

›Ja‹, entgegnete sie schnell. ›Es ist mir heute sehr gut gegangen. Immerzu kam Schwarz heraus.‹

›Morgen wird es Rot sein‹, meinte Dawkes lächelnd.

›Das glaube ich nicht‹, erwiderte sie ernst. ›Übermorgen wird die Kugel am Vormittag hauptsächlich auf Rot fallen, am Nachmittag auf Schwarz.‹

Merkwürdigerweise traf ihre Voraussage ein. Dawkes versuchte, mit ihr näher bekannt zu werden, aber sie schien ihn nicht leiden zu können. Das beweist eigentlich, daß sie intelligent sein muß. Da sie sich so abweisend gegen Dawkes benahm, interessierte er sich für sie nicht nur als Problem, sondern auch als Frau. Er schickte ihr häufig Blumen und lud sie zu einer Autofahrt ein. Aber sie lehnte seine Einladung ab.

Was danach geschah, kann ich nur vermuten. Dawkes hat mir nicht genau gesagt, wie er sich ihr gegenüber verhielt. Einmal hat sie ihm jedenfalls die Tür vor der Nase zugemacht. Wie er in eine solche Situation kam, weiß ich nicht. Einige Zeit später fuhr sie dann von Monte Carlo ab, nachdem sie große Summen gewonnen hatte, und ließ Mr. Dawkes enttäuscht und sehnsüchtig zurück. Das ist die ganze Geschichte«, schloß Billy etwas abrupt.

»Und was ist nun Ihre Aufgabe?« fragte ich überrascht, denn ich hatte ein anderes Ende erwartet.

»Ich soll die unbekannte Dame entdecken, herausbringen, wer sie ist, woher sie das Geld bekommt und so weiter.«

»Und wenn nun Mr. Dawkes alles das erfahren hat, will er dann –
«

In diesem Augenblick wurden wir unterbrochen.

Die Tür flog auf, und ein großer Mann stürzte herein. Er atmete schwer, denn er war die Treppe hinaufgeeilt.

»Dort ist sie, dort ist sie!« rief er keuchend und zeigte zum Fenster. »Sehen Sie schnell hin, jetzt haben Sie eine gute Gelegenheit, Stabbat. Direkt der Haustür gegenüber steht sie auf der anderen Seite.«

Billington sprang zum Fenster und öffnete einen Flügel.

»Wo denn?«

»Die junge Dame mit dem blauen Hut, die vor dem Juwelierladen steht – können Sie sie sehen?«

Billington legte die Hand schützend vor die Augen. Es war ein warmer, sonniger Tag, und das Büro lag nach Südwesten.

»Ja«, erwiderte er bedächtig.

»Sie geht in den Laden«, sagte der große Mann aufgeregt. »Nun haben Sie sie, Stabbat!«

Bill zögerte, streckte den Arm aus, um zu klingeln, zog die Hand aber wieder zurück.

»Ich werde selbst gehen.«

3

Bill riß hastig seinen Hut vom Haken und eilte aus dem Zimmer, während wir noch am Fenster standen.

Inzwischen war noch ein anderer Herr hereingekommen und hinter Thomson Dawkes getreten. Als ich sein rotes Gesicht und seine schweren Augenlider sah, fühlte ich mich unbehaglich.

Allem Anschein nach hatte er mich zuerst nicht entdeckt, aber nun wandte er sich mir zu.

»Hallo, Mont, ich dachte, Sie wären auf Urlaub?« sagte er unfreundlich.

»Das stimmt auch. Aber heute habe ich einen alten Freund besucht.«

»Ist er Ihr Freund?« fragte er abweisend. Ich erkannte sofort, daß Billy in nicht besonders gutem Verhältnis zu Inspektor Jennings stand.

»Ja, wir waren zusammen in Frankreich an der Front.«

»Hm, persönlich mag ich Stabbat nicht leiden. Er ist viel zu oberflächlich für meinen Geschmack. Auf keinen Fall hätte ich Mr. Dawkes den Rat gegeben, sich an ihn zu wenden. Ich riet ihm, sich mit Seinbury in Verbindung zu setzen. Das ist die beste Auskunftei hier in der Stadt.«

Zufällig wußte ich, daß Seinbury Jennings' Schwager war, aber ich hielt es im Augenblick nicht für günstig, ihn daran zu erinnern.

»Aber es haben schon viele Leute Stabbat empfohlen«, fuhr der Inspektor mit einem Achselzucken fort. »Der Mann scheint direkt in Mode zu sein.«

»Dort geht sie«, sagte Thomson Dawkes eifrig, »und Stabbat ist hinter ihr her. Das war wirklich ein glücklicher Zufall!«

Er wandte sich um und sah Jennings liebenswürdig an. Der Inspektor bemühte sich auch sofort, seine Freude über diese Begegnung zu zeigen.

Dawkes war groß und stattlich. Er hatte eine Adlernase, gutmütige Augen und volle Lippen. Sein Kinn war ein wenig zu rund für einen Mann, aber er sah wirklich gut aus.

Seine Sprache klang etwas rauh und ungeschliffen, und er äußerte sich über die junge Dame, wie es ein Gentleman eigentlich nicht hätte tun sollen. Sein Vater war ein Grubenbesitzer in Staffordshire und hatte ihm ein beträchtliches Vermögen hinterlassen. Dawkes selbst interessierte sich für Ringkämpfe, besaß einen Rennstall, eine Motorjacht und zwei große Landsitze, aber nicht die nötige Lebensart und Bildung, um in guten Kreisen verkehren zu können. Dagegen mußte er stets Schmeichler um sich haben, die alles, was er tat, gut fanden. Er war daher meistens von Leuten umgeben, die Respekt vor seinem Vermögen hatten.

Jennings stellte mich Dawkes nicht vor. Er hielt es wahrscheinlich für unter seiner Würde, einen Polizeisergeanten zu kennen. Als die beiden das Zimmer verließen, hörte ich nur die Worte: »Einer von unseren Leuten.«

Ich ließ einen Zettel auf dem Tisch zurück und ging zu meiner Wohnung in Bloomsbury. Merkwürdigerweise traf ich Leslie Jones an derselben Stelle wieder, wo ich mich von ihm verabschiedet hatte.

»Sie gehen doch noch nicht, Mr. Mont?« fragte er erstaunt. »Ich dachte, Billy hätte Zeit?«

»Er ist ausgegangen«, erklärte ich.

»Ach so! Wahrscheinlich in der Sache Dawkes? Ich sah, wie Dawkes mit Inspektor Jennings die Bond Street entlangging. Die beiden scheinen ja große Freunde zu sein.«

Als ich ihm kurz erzählte, was geschehen war, rieb er nachdenklich seine Nase.

»Hoffentlich interessiert sich Billy nicht für diese junge Dame. Wenn sie in einem Mansardenzimmer lebt und eine alte Mutter unterstützt oder einen schwindsüchtigen Bruder hat oder einen Jungen, den sie nach Eton schicken will, dann ist Billy gleich bei der Hand und tut alles für sie. Morgen bricht er in die Bank von England ein, um das nötige Geld zu beschaffen, das ihren Fehltritt wieder gutmacht. Wir werden ja sehen. Ich wette, daß Billy augenblicklich dasselbe sagt, besonders wenn sie nett ist.«

Ich lachte.

»Ich dachte nicht, daß Sie Billy so gut kennen.«

»Ich kenne ihn nur zu gut!« sagte er und lächelte grimmig.

Bevor ich mich von ihm trennte, fragte er noch, ob er mich am Abend besuchen könne, und da ich keine Verabredung hatte, lud ich ihn ein. Ich mochte Leslie ganz gern.

Pünktlich auf die Minute erschien er in meiner Wohnung. Wir spielten Karten und sprachen über Billys Heldentaten. Während Leslie gerade mitten in einer Erzählung war, trat Stabbat ins Zimmer. Meine Wirtin hatte ihn anmelden wollen, aber er hatte sie einfach beiseitegeschoben.

Er lächelte mich an und schien in angeregter Stimmung zu sein.

»Leslie ist ja auch da!« sagte er. »Großartig. Ich wollte nämlich gerade mit Ihnen sprechen.«

»Und ich mit Ihnen«, erwiderte Leslie bedeutsam. »Sie haben mir doch den Auftrag gegeben, so schnell wie möglich Informationen über den Brand bei Griddlestone einzuziehen –«

»Ach, das hat Zeit«, entgegnete Billy ungeduldig und setzte sich an den Tisch. »Hören Sie zu, Mont.«

»Was gibt es denn?« fragte ich.

»Sie begleiten mich ans schöne Mittelmeer. Miss Hicks fährt morgen früh wieder dorthin.«

»Woher wissen Sie denn das?«

»Ich habe sie gefragt«, erklärte er ruhig. »Und eben habe ich mit Dawkes gesprochen. Er kommt in ein paar Tagen nach. Die ganze Angelegenheit läßt sich wahrscheinlich auf die einfachste Art und Weise erklären. Warum sollte sie denn kein Geld haben? Und wenn sie reich ist, kann sie sich doch auch einmal eine billige Tasche kaufen. Bei wohlhabenden Leuten kommt es nicht darauf an; die können es sich leisten, auch billige Dinge zu tragen.« Er lehnte sich über den Tisch und sah mich ernst an. »Und wenn überhaupt eine Frau jemals Herz und Seele hatte, dann ist es Mary Ferrera! Sie sollten nur einmal in ihre Augen schauen, in diese klaren, tiefen Sterne –«

»Um Himmels willen!« stöhnte Leslie. »Ich habe Ihnen ja schon gesagt, was für Dummheiten er machen wird, Mr. Mont, wenn das Mädel ihn erst einmal angesprochen hat – dann ist es um ihn geschehen.«

Bill wurde nicht wütend und ärgerlich, wie ich erwartet hatte. Er lächelte nur.

»Leslie, Sie sind ein armer, phantasieloser Tropf! Passen Sie einmal auf – dieses junge Mädchen ist vollkommen unschuldig. Wir werden ja sehen! Aber sicher handelt es sich dabei um eine große Geschichte. Ich bringe schon noch alles heraus. Sie kümmern sich um das Geschäft, bis ich zurückkomme, das heißt, bis wir zurückkommen«, verbesserte er sich.

»Aber ich kann es mir doch nicht erlauben, nach Monte Carlo zu gehen! Sie glauben doch nicht etwa, daß ein Polizeisergeant –«

»Selbstverständlich vergüte ich Ihnen alle Ihre Auslagen,«, unterbrach mich Billy. »Dawkes ist damit einverstanden, daß ich einen Assistenten mitnehme.«

Was mochte er Miss Hicks wohl gesagt und wie mochte er ihre Bekanntschaft gemacht haben? Leslie und ich fragten ihn eingehend danach, aber er gab nur ausweichende Antworten.

Aber daß die beiden in der kurzen Zeit bereits miteinander Freundschaft geschlossen hatten, entdeckte ich zwei Tage später, als Miss Ferrera im Speisewagen des Riviera-Expreß zum Frühstück erschien.

4

Der Zug fuhr durch das Rhonetal; soviel ich weiß, hatten wir gerade Avignon passiert, als ich Mary Ferrera zum erstenmal sah.

Ihre anmutige Erscheinung nahm auch mich sofort gefangen. Vor allem machten ihre wundervollen Augen und die Schönheit ihres Profils großen Eindruck auf mich.

Ich stellte mich vor, verschwieg aber meinen Beruf. Wahrscheinlich hatte Billy es ebenso gemacht. Aus der Unterhaltung erfuhr ich, daß sie ihn erwartet hatte.

»Ich habe Sie gestern abend in Paris nicht gesehen, obwohl ich den ganzen Zug entlanggegangen bin. Wie kommt es denn, daß ich Sie jetzt doch hier treffe?«

»Wir sind nach Dijon geflogen, ich hatte dort zu tun«, erklärte Billy.

»Sie steigen in Marseille aus, nicht wahr?« Billy räusperte sich. »Ich habe nicht die Absicht, nach Montpellier zu fahren, wie ich Ihnen zuerst sagte. Ich gehe für einen oder zwei Tage nach Monte Carlo.«

Als sie das hörte, wurde sie ein wenig blaß. »Ach so!« Ihr Blick konnte wirklich sehr abweisend sein. »Das tut mir leid.« Sie erhob sich und ging zu ihrem Abteil zurück, ohne ihr Frühstück angerührt zu haben.

Billy war bedrückt und bekümmert, denn er glaubte, ihre Freundschaft nun verscherzt zu haben.

Auf dem Rückweg mußten wir drei andere Wagen passieren. Im Eingang eines Abteils wartete die junge Dame auf uns.

»Würden Sie so liebenswürdig sein und einen Augenblick hereinkommen?« sagte sie und lud uns mit einer Handbewegung ein, näherzutreten.

»Ich fürchte, Sie halten mich für sehr unhöflich, aber ich erschrak, als ich hörte, daß Sie nach Monte Carlo fahren.« Sie lächelte schwach. »Ich bin nämlich eine Spielerin, und in manchen Augenblicken schäme ich mich wirklich. Ich möchte diese Schwäche vor meinen Bekannten verbergen.«

Sie sah Billy ernst an. Mich beachtete sie kaum.

»Aber Miss Ferrera ...«, erwiderte er, doch sie unterbrach ihn sofort.

»In Monte Carlo wohne ich nicht unter meinem eigenen Namen. Dort nenne ich mich Miss Hicks.«

»Das dachte ich mir«, entgegnete Billy, verbesserte sich aber hastig: »Ich meine, das kann ich mir denken. Aber wirklich, Miss Ferrera –«

»Miss Hicks!«

»Also Miss Hicks, wenn Sie wünschen. Ich muß mich erst daran gewöhnen, Sie so zu nennen. Bitte glauben Sie nicht, daß ich kleinliche Ansichten über das Spiel habe. Im Gegenteil, ich spiele selbst hin und wieder.«

Sie seufzte tief auf und schien durch seine Erklärung beruhigt zu sein.

»Dann ist alles in Ordnung. Spielen Sie auch, Mr. Mont?«

»Ich habe mir bisher diesen Luxus noch nicht leisten können, aber es muß sehr interessant und anregend sein.«

»Ach, es ist die unangenehmste, langweiligste Beschäftigung, die ich kenne«, sagte sie zu meiner größten Überraschung. Dann sprach sie über andere Dinge.

Erst eine Stunde nach unserer Ankunft in Monte Carlo sah ich sie wieder, als sie aus der Lloyd-Bank herauskam.

Monte Carlo ist einer der schönsten Flecken auf unserer Erde. Welche herrlichen Spaziergänge lassen sich an der bergigen Küste machen! Das Kasino besaß keine große Anziehungskraft auf mich.

Am Abend gingen wir in die Spielsäle und fanden alle Tische stark besetzt, besonders einen am äußersten Ende des Saales, an dem Trente et quarante gespielt wurde.

»Dort sitzt sie«, sagte Bill mit leiser Stimme.

Sie hatte an der Längsseite des Tisches Platz genommen, und vor ihr lag ein großer Stoß Tausendfrancnoten. Kleine weiße Papierstreifen teilten die Scheine in Bündel zu zwölf und zwölf ab.

»Sie setzt immer den Höchstsatz«, erklärte Bill erstaunt.

Ich beobachtete sie einige Zeit, und ich hatte den Eindruck, daß sie Geld verspielte, das nicht ihr gehörte. Sie zählte die Banknoten beinahe mit der Routine eines Croupiers, und einmal warf sie ein Bündel von zwölftausend Franc von einer Seite des Tisches zur anderen, so daß die Scheine genau auf den Platz fielen, den sie treffen wollte. Überhaupt schien sie mit allen Einrichtungen des Spiels sehr genau Bescheid zu wissen. Von Zeit zu Zeit sah sie in ein Notizbuch.

An diesem Abend gewann sie dauernd. Nur einmal schaute sie auf und begegnete Billys Blick.

Sie steckte die Banknoten in ihre große Handtasche und kam auf uns zu.

»Nun, bin ich nicht eine passionierte Spielerin?« fragte sie Billy fast herausfordernd.

»Sie scheinen heute abend viel Glück gehabt zu haben.«

»Ich habe nur hunderttausend Franc gewonnen. Das ist wohl ein ganz guter Anfang, aber ich hoffe doch, daß es morgen bedeutend mehr wird.«

Sie machte noch einige Bemerkungen über das Spiel, und wir mußten daraus entnehmen, daß sie erstaunlich gut über alle Regeln Bescheid wußte. Auch ging aus ihren Worten hervor, daß sie an ein bestimmtes Gesetz glaubte, nach dem Rot oder Schwarz gewann.

Wir begleiteten sie zu ihrem Hotel und verabschiedeten uns von ihr in der Halle. Auf dem Heimweg zu unserem eigenen Quartier erzählte mir Billy, wie er ihre Bekanntschaft gemacht hatte. Durch einen glücklichen Zufall hatte er sie vor einem Autobus retten können, der ins Rutschen gekommen war.

»Eine großartige Frau, Mont«, sagte er ernst, als wir noch ein Glas an der Bar tranken. »Zweifellos ein mathematisches Genie. Aber auch sonst ist sie sehr gebildet. Haben Sie gesehen, mit welcher Eleganz sie die Noten handhabte?«

»Wie ein Bankkassierer!« erwiderte ich mit Nachdruck.

»Sie haben Vorurteile. Nun, wir werden ja sehen!«

Wir erfuhren in Monte Carlo wenig Neues über sie. Nach vier Tagen hatten wir unsere Kenntnis noch nicht erweitern können. Nur selten hatten wir Gelegenheit, sie zu sehen. Sie erschien erst um zwei Uhr nachmittags im Spielsaal; um fünf ging sie wieder und hielt sich dann in ihrem Hotelzimmer auf. Soweit wir feststellen konnten, nahm sie alle Mahlzeiten dort ein. Vielleicht machte sie Spaziergänge, aber wir hatten bis jetzt noch nicht das Glück gehabt, sie zu treffen.

Aber eines Morgens ging Billy schon um acht Uhr zu ihrem Hotel und setzte sich dort auf eine Bank. Seine Anstrengung wurde auch belohnt, denn er sah sie, als sie von einem frühen Spaziergang zurückkam.

An demselben Tag erschien auch Mr. Thomson Dawkes auf der Bildfläche. Er logierte im Hotel de Paris und lud uns gleich am ersten Abend ein, mit ihm zu Abend zu speisen. Miss Ferrera mußte uns in seiner Gesellschaft gesehen haben, denn als Billy sie das nächstemal ansprach, verhielt sie sich kühl und ablehnend.

»Ich wußte nicht, daß Sie ein Freund von Mr. Dawkes sind«, bemerkte sie fast feindlich.

»Aber ich bin gar nicht sein Freund«, erklärte Billy. »Höchstens ein Bekannter.«

»Sie sind nicht sehr sorgfältig in der Auswahl Ihrer Bekannten.«

Als Billy Mr. Dawkes am Nachmittag auf der Terrasse traf, hätte er beinahe seinen Auftrag verloren. Er gab nämlich seiner Überzeugung Ausdruck, daß die junge Dame völlig einwandfrei sei. Etwas zu begeistert ergriff er für sie Partei, und Dawkes fühlte sich verletzt.

»Ich zahle Ihnen wöchentlich hundert Pfund, Stabbat. Wenn Sie glauben, daß es keinen Zweck hat, die Untersuchungen fortzusetzen, so sagen Sie mir das. Ich beauftrage dann einen anderen, weitere Nachforschungen anzustellen.«

Unter anderen Umständen hätte Billy Thomson Dawkes sofort hinausgeworfen und seiner Ansicht wahrscheinlich durch einen rechten Schwinger noch mehr Nachdruck verliehen. Aber nun war er überraschend ruhig und sagte mir nachher, daß er alles tun würde, die Bearbeitung dieses Falles nicht zu verlieren.

»Ich werde beweisen, daß Miss Ferrera vollkommen ehrlich handelt und daß ihr Charakter über jeden Zweifel erhaben ist.«

Ich erinnerte ihn daran, daß Mr. Dawkes ihn nicht zu diesem Zweck engagiert hatte.

»Was Dawkes haben will und was die Untersuchung ergibt, sind zwei ganz verschiedene Dinge. Er geht doch nur darauf aus, dieses Mädchen in seine Gewalt zu bekommen – nun, wir werden ja sehen!«

Und nun entschloß sich Billy zu einem kühnen Streich. Als am fünften Abend die Spielsäle geschlossen wurden, begleitete er Miss Ferrera die Treppe des Kasinos hinunter.

»Würden Sie mir gestatten, daß ich noch etwas mit Ihnen bespreche, Miss Hicks?« fragte er, als sie ihm die Hand reichte und sich von ihm verabschieden wollte.

Sie sah ihn erstaunt und überrascht an.

»Es ist aber schon sehr spät.«

»Besser spät als überhaupt nicht«, entgegnete Billy.

Später erzählte er mir, was sich weiter zugetragen hatte.

Sie gingen zu der Terrasse, von der aus man einen so schönen Ausblick auf das Meer hat. Um diese Abendstunde lag sie verlassen, nur ein Wachmann des Kasinos war zu sehen.

»Miss Ferrera«, sagte Billy ernst, »ich möchte Sie ins Vertrauen ziehen. Wissen Sie, daß Sie beobachtet werden?«

»Meinen Sie von Mr. Dawkes?« fragte sie schnell.

»Ja, von ihm und von den Leuten, die er dazu beauftragt hat. Ich möchte Ihnen gegenüber vollkommen offen sein. Sie sollen wissen, daß ich selbst einer seiner Agenten bin.«

Sie trat einen Schritt zurück. »Es tut mir leid, das zu hören«, entgegnete sie. »Warum werde ich denn eigentlich überwacht?«

Billy setzte ihr nun auseinander, daß sie nach Mr. Thomson Dawkes' Meinung mit gestohlenem Geld spielte.

»Ginge das nicht eher die Polizei als einen Privatdetektiv an?« fragte sie kühl.

»Wie man es nimmt. Mr. Dawkes hat einen bestimmten Grund für seine Handlungsweise.«

»Das glaube ich auch.«

»Miss Ferrera, wollen Sie mir nicht Ihr Vertrauen schenken?« bat Billy.

Sie lachte.

»Nachdem Sie mir in aller Form mitgeteilt haben, daß Sie ein Agent von Mr. Dawkes sind?« erwiderte sie beinahe verächtlich und brachte Billy dadurch noch mehr aus der Fassung.

Die Unterhaltung verlief völlig ergebnislos. Miss Ferrera erklärte rundweg, daß sie tun und lassen könne was sie wolle und daß sie sich jede Einmischung verbäte. Sie deutete sogar an, daß sie sich an den Vorstand des Kasinos wenden und sich über Mr. Dawkes' Verhalten beschweren würde.

Diese Drohung machte sie wahrscheinlich auch wahr, denn am Morgen des siebenten Tages kam Thomson Dawkes zu uns ins Hotel, während wir frühstückten. Die Leitung der Spielbank ist ängstlich darauf bedacht, daß niemand die Leute ausspioniert, die die Spielsäle besuchen.

Er war aufs höchste aufgebracht und erzählte uns, daß man ihm die Eintrittskarte zum Circle Privee entzogen hätte. Außerdem hatte man ihn benachrichtigt, daß seine Anwesenheit im Sportklub nicht erwünscht wäre.

»Ich bin sicher, daß diese verdammte Miss Hicks dahintersteckt«, sagte er. »Ich sah, wie sie gestern nachmittag um fünf Uhr aus dem Verwaltungsgebäude kam. Na, ich werde der Kröte schon beibringen, sich über mich zu beschweren!«

»Ein energisches Mädchen!« erklärte Billy begeistert, als Dawkes uns verlassen hatte. »Die hat allerdings Nerven und Mut. Ich bewundere ihre Entschlossenheit und hoffe nur, daß sie sich gegen ihn behaupten kann.«

Mr. Dawkes ging ins Hotel, um Miss Hicks zur Rede zu stellen, aber sie war nicht anwesend.

Später fanden wir heraus, daß sie noch am gleichen Morgen nach Marseille gefahren war. Und diesmal hatte sie entschieden viel Geld gewonnen.

5

Die unangenehmen Erfahrungen, die Dawkes in Monte Carlo gemacht hatte, schienen seinen Eifer nur noch zu schüren. Er wollte unbedingt hinter das Geheimnis von Miss Hicks kommen. Aber auch Billy war entschlossener denn je und ließ sich in seinem Glauben an Miss Ferrera nicht wankend machen. Ich hielt seine Überzeugung für reine Hartnäckigkeit, denn allem Anschein nach war die junge Dame wirklich eine Abenteurerin, die das Geld irgendwo entwendet hatte.

Es blieb mir allerdings unverständlich, daß sie so selbstbewußt, sicher und ruhig auftrat. Sie spielte, ohne im geringsten nervös zu werden, und schien das Resultat stets von vornherein zu wissen. Billy gegenüber äußerte ich die Ansicht, daß sie vielleicht einer internationalen Bande angehörte, die mit einem der Croupiers im Bunde stand. Aber er wurde geradezu beleidigend, als er das hörte.

»Muß denn eine junge Dame, weil sie schön und anziehend ist und außerdem Geld hat, notwendigerweise eine Diebin und Verbrecherin sein?« fragte er empört.

Ich ließ diese Annahme fallen, und auf der Rückreise nach London wurde nie wieder die Möglichkeit erwähnt, daß Miss Mary Ferrera irgendwie unehrlich sein könnte.

Leslie Jones holte uns auf dem Victoria-Bahnhof ab und beklagte sich schwer darüber, daß er so viele Kunden hatte abweisen müssen.

»Im übrigen sind inzwischen die Stühle und andere Möbel geliefert worden; unser neues Briefpapier mit dem verbesserten Firmenkopf kommt morgen früh«, erzählte er.

Am nächsten Morgen ging ich um zehn zu Billys Büro. Er war noch nicht da, und als er schließlich kam, mußte er sich in einen Fall von Versicherungsschwindel vertiefen. Aber nach einiger Zeit übergab er die Sache Leslie Jones.

Zu Billys großer Erleichterung war Mr. Dawkes in Monte Carlo geblieben. Wir verbrachten den Vormittag in der Stadt, und Billy machte den Versuch, sich mit dem Versicherungsfall zu beschäftigen. Aber es gelang ihm nicht, denn er war nicht bei der Sache.

Unvermutet trafen wir George Briscoe auf der Straße. Er war elegant und vornehm gekleidet und kaum wiederzuerkennen. Er grüßte Billy in bester Laune und winkte ihm mit der Hand zu.

»Hallo, George«, sagte Billy grinsend. »Wie stehen denn die Aktien?«

»Großartig«, erklärte Briscoe vergnügt. »Haben Sie schon mit der Arbeit begonnen, Stabbat?«

»Noch nicht.« Billy schüttelte den Kopf. »Wollen Sie mir vielleicht einen Auftrag geben?«

»O nein«, antwortete George lächelnd und zeigte seine weißen, ebenmäßigen Zähne. Aber seine Augen blitzten verdächtig auf. »Ich habe außer Ihnen keine Feinde auf der Welt. Morgen gehe ich für ein paar Tage nach Brighton.«

Billy sah ihn scharf an. Mit Briscoe war eine Veränderung vorgegangen.

»Das heißt, Sie wollen nach Kanada zurück – oder haben Sie sich vielleicht einen noch weniger zugänglichen Teil unserer schönen Erde ausgesucht?«

George lachte.

»Es ist ein guter Detektiv an Ihnen verlorengegangen«, meinte er. Dann trennten wir uns wieder.

Diese Begegnung stimmte Billy sehr nachdenklich.

»Seine frohe Laune kommt mir sehr verdächtig vor«, sagte er. »Ich möchte nur wissen, was er gegen mich im Schild führt.«

Eine Stunde später gingen wir die Northumberland Avenue entlang., Wir wollten dort zu Mittag speisen. Vor einem der großen Hotels sahen wir eine Anzahl vornehmer älterer Herren mit Zylindern, die sich lebhaft unterhielten. Anscheinend hatte irgendeine Versammlung hier stattgefunden. Plötzlich sah ich Miss Ferrera, die rasch auf uns zukam.

Auch Billy entdeckte sie sofort und hielt den Atem an. Sie hätte uns unbedingt sehen müssen, aber kurz bevor sie den Hoteleingang erreichte, wandte sie sich erstaunt um und sprach mit einem hageren, großen Mann, der den Hut nur kurz lüftete. Sie drehte sich um, so daß sie uns den Rücken kehrte. Billy und ich gingen weiter und mischten uns unter die älteren Herren, die noch eifrig über die Verhandlung redeten, die sie am Vormittag geführt hatten. Ich hörte, was Miss Ferrera sagte.

»Nein, Sir Philip, ich hatte keine Ahnung, daß Sie in London sind.« Der alte Herr brummte.

»So«, erwiderte er wenig liebenswürdig. »Nun, ich möchte Sie jedenfalls morgen in der Bank sprechen. Haben Sie Ihren Urlaub in Paris angenehm verbracht?«

»Jawohl, Sir Philip.«

»Hoffentlich!« entgegnete er. Seine Stimme klang so laut, daß wir sie auch in noch größerer Entfernung verstanden hätten. »Französisch lernt man am besten, wenn man sich im Land selbst aufhält. Also, morgen früh in der Bank.« Er lüftete wieder kurz den Hut und entließ sie.

Sie sah uns nicht, als sie vorüberging, und Billy machte auch keinen Versuch, ihr zu folgen. Wir stiegen vielmehr die Treppe hinauf und bemühten uns, den Portier in eine Unterhaltung zu ziehen.

»Was war denn hier los?« fragte Billy. »Etwa eine Kabinettssitzung?«

Der Portier lächelte.

»Nein, das war nur die Vierteljahresversammlung der Bankiersvereinigung. Die Herren treffen sich immer hier in unserem Hotel. Sie sind wohl von der Presse?«

Billy nickte.

»Wer war denn der alte Herr mit dem weißen Backenbart?«

»Welchen meinen Sie denn? Das sind doch alles alte Herren mit Backenbärten.«

»Ich meine den, der eben mit dem dicken kleinen Herrn spricht.«
Verstohlen zeigte Billy auf den Mann, den Miss Ferrera mit Sir Philip angeredet hatte.

»Ach, das ist Sir Philip Frampton, der Inhaber der West-Country-Bank. Sie haben sicher schon von ihm gehört.«

Billy stellte noch einige Fragen, damit der Portier in seinem Glauben bestärkt wurde, es wirklich mit einem Journalisten zu tun zu haben. Als dann Sir Philip in der Richtung zum Trafalgar Square fortging, verabschiedete er sich, und wir folgten dem stattlichen Herrn. Sir Philip speiste im Carlton zu Mittag, und wir taten dasselbe. Nach Tisch setzte er sich in den Palmenhof, ließ sich dort den Kaffee servieren und rauchte eine Zigarre. Nun hielt Billy den Zeitpunkt für gekommen, sich ihm zu nähern, und ging unverfroren auf ihn zu.

»Sir Philip Frampton, wenn ich nicht irre?« begann er.

»Das ist mein Name«, entgegnete der alte Herr argwöhnisch.

»Wir haben uns doch in Elston kennengelernt – erinnern Sie sich nicht mehr?«

Billy hatte inzwischen verschiedene Nachschlagewerke zu Rate gezogen und darin entdeckt, daß sich das Hauptgeschäft der Bank in Elston befand.

»Ich kann mich durchaus nicht besinnen«, erwiderte Sir Philip ein wenig kühl.

Aber Billy ließ sich nicht im mindesten abschrecken, nahm neben dem Bankier Platz, holte ebenfalls sein Etui heraus und steckte sich eine Zigarre an. Ich hielt mich bescheiden im Hintergrund.

»Ich habe einen Empfehlungsbrief an Sie«, erklärte Billy. »Ich bin nämlich ein Buchmacher und beabsichtige, eine Filiale in Ihrer Stadt zu errichten. Ich möchte dann auch ein Konto bei Ihrer Bank anlegen.«

Sir Philip wurde nun direkt feindlich.

»Solche Konten führen wir nicht«, erwiderte er kurz. »Wir sind eine sehr alte, angesehene Firma, und es ließe sich mit unseren Geschäftsprinzipien nicht vereinbaren, Kunden zu haben, die zweifelhafte oder riskante Geschäfte machen.«

Er erhob sich und ging mit seiner Kaffeetasse in eine andere Ecke:

Billy verstand den Wink.

»Natürlich bin ich fest davon überzeugt, daß Miss Ferrera nichts Unrechtes getan hat«, sagte er etwas besorgt zu mir. »Aber die Sache sieht doch merkwürdig aus, nicht wahr? Und es wäre sehr schlimm für sie, wenn man entdeckte, daß sie in Monte Carlo spielt. Nur um ihretwillen wollte ich Sir Philips Ansicht über Glücksspiele hören. Morgen muß ich nach Elston fahren.«

6

Elston ist eine kleine Stadt, die aber größere Bedeutung hat, als man nach ihrem Umfang und ihrer Einwohnerzahl annehmen sollte.

Framptons Bank ist das größte Gebäude, das an dem alten, viereckigen Marktplatz liegt. Das Leben läuft in dieser etwas verschlafenen Stadt ruhig dahin, und mir erschien es seltsam genug, daß zwischen Monte Carlo und diesem Ort eine Verbindung bestand.

Wir kamen am Vormittag an und stiegen im Hotel zum Bären ab. Billy machte sich gleich nach unserer Ankunft auf den Weg und stellte Nachforschungen an. Erst um halb sechs kehrte er wieder zurück, und ich sah sofort, daß er schlechte Nachrichten brachte.

»Mary ist bei Frampton angestellt und verdient drei Pfund die Woche. Außerdem ist sie die Nichte von Sir Philip, der sie als Tochter adoptiert hat. In der Bank nimmt sie eine sehr angesehene Stellung ein und hat die Kontrolle über die Stahlkammern.«

Ich schwieg. Diese Mitteilung hatte natürlich schwerwiegende Bedeutung. Aber über eins wunderte ich mich.

»Wenn er sie adoptiert hat, warum läßt er sie dann noch in der Bank arbeiten? Er ist doch ein sehr reicher Mann?«

»Sir Philip hält es für richtig, daß alle Leute soviel als möglich arbeiten. Sie ist seit ihrem fünfzehnten Lebensjahr bei ihm beschäftigt«, entgegnete Billy düster. »Sie war die Tochter seiner Schwester. In England hat die Adoption nicht die weitgehenden Folgen wie in anderen Ländern. Und es kann ihr gleichgültig sein, ob ihr Onkel lebt oder stirbt, denn er soll sein ganzes Vermögen wohltätigen Zwecken vermacht haben. Sie bekommt nur eine verhältnismäßig kleine Rente.«

»Wie haben Sie denn das alles herausgebracht?« fragte ich erstaunt.

»Ich habe einen Mann getroffen, der auf Miss Ferrera böse ist.«

Billy brachte den Betreffenden am Abend zum Essen mit ins Hotel. Er war klein, etwas knochig und sah aus, als ob er ein Magenleiden hätte. Die Unterhaltung mit ihm war nicht gerade sehr angenehm.

Dazu kam noch, daß seine Eltern ihm den Vornamen Pontius gegeben hatten. Für uns war hauptsächlich wichtig, daß er Miss Ferrera nicht leiden konnte. Er sprach sehr abfällig von ihr. Später stellte sich heraus, daß er Kassenchef der Bank war und daß sie seinen Sohn von einem Posten verdrängt hatte. Mir ist es von jeher schleierhaft gewesen, wie Billy die unglaublichsten Bekanntschaften schließen konnte. Aber einen großen Teil seiner Erfolge hatte er dieser Fähigkeit zu verdanken. Als wir nach dem Essen noch bei einem Glas Portwein zusammensaßen, wurde Mr. Pontius gesprächig.

»Ich verstehe überhaupt nicht, warum Miss Ferrera immer Urlaub nach Frankreich bekommt, um Französisch zu lernen. Ich bin doch auch nicht nach Paris gereist und spreche trotzdem ein gutes Französisch. Seit Jahren führe ich die Auslandskorrespondenz für die Firma, und es liegt nicht der geringste Grund vor, dem jungen Mädchen diese Arbeit zu übertragen. Aber Sir Philip bevorzugt sie in jeder Richtung, er verhätschelt sie geradezu. Und was wird das Ende davon sein? Er kann doch nicht ewig leben, und die neuen Direktoren werden sie nicht in dieser einflußreichen Stellung lassen. Ich werde Ihnen sagen, was ich mir schon immer gedacht habe.« Er lehnte sich über den Tisch und sprach ganz leise. »Meiner Meinung nach geht sie ein großes Risiko ein!«

Mr. Pontius lehnte sich in seinem Sessel zurück, als er das gesagt hatte, um zu beobachten, welchen Eindruck seine Worte auf uns machten.

»Welches Risiko?« fragte Billy und schenkte ihm noch ein Glas Wein ein.

»Wir sind doch alle Leute von Welt und verstehen sehr gut, welchen Versuchungen die menschliche Natur ausgesetzt ist. Und wenn eine junge Dame geheime Briefe erhält ...«

»Geheime Briefe?« fragte Billy schnell.

Mr. Pontius nickte bedeutungsvoll. Der Portwein hatte ihn gesprächig gemacht.

»Ihre Wirtin hat mir gesagt, daß sie öfter eingeschriebene Briefe bekommt. Die Adresse ist nicht in gewöhnlicher Handschrift geschrieben, sondern in großen Druckbuchstaben. Und wenn sie einen solchen Brief bekommen hat, bittet sie jedesmal Sir Philip um Urlaub nach Paris – wegen ihren französischen Sprachstudien! Aber meinen Sie, die lernt Französisch da drüben?«

»Wer vertritt sie denn während ihrer Abwesenheit?«

»Zum Teil muß ich einspringen; die Korrespondenz macht mein Junge – der ist ein sehr gescheiter Mensch –, und Sir Philip übernimmt den Rest ihrer Arbeit. Der ist viel zu gut zu ihr, das habe ich schon immer gesagt.«

Wir brachten ihn nachher noch nach Hause. Auf dem Rückweg zu unserem Hotel war Billy schweigsam. Die Mitteilungen von Mr. Pontius hatten tiefen Eindruck auf ihn gemacht, und doch kämpfte er hart mit sich, um den Glauben an Miss Ferrera nicht zu verlieren. Er mußte schwer unter diesem Zwiespalt leiden, denn sie bedeutete ihm bereits mehr, als ich damals ahnte.

Am nächsten Nachmittag trafen wir sie, als wir zum Bahnhof gingen, um Londoner Zeitungen zu kaufen. Der Frühzug von der Hauptstadt war vor einer halben Stunde angekommen, und wir hatten beobachtet, wie Sir Philip quer über den Marktplatz zur Bank ging. Wir schlenderten mit unseren Zeitungen die Straße zurück und zerbrachen uns den Kopf, wer wohl der geheimnisvolle schäbig gekleidete Mann sein mochte, der uns den ganzen Morgen gefolgt war. Als wir um eine Ecke bogen, kam sie uns plötzlich entgegen, blieb stehen und starrte uns an. Ich sah deutlich, daß sie bleich wurde. Zuerst glaubte ich, sie würde ohne ein Wort an uns vorübergehen, aber sie wandte sich doch an Billy.

»Sie stehen also immer noch in den Diensten von Mr. Dawkes?« fragte sie ruhig.

Billy wurde rot.

»Aber ich arbeite mehr für Sie als für ihn«, entgegnete er.

»Das wundert mich«, antwortete sie freundlich.

»Sie brauchen sich nicht darüber zu wundern. Ich sage Ihnen, daß ich ebenso besorgt bin –«

»Das weiß ich wohl – ich fühle es. Aber ich möchte gern wissen, was Sie von mir denken.«

Sie hatte so leise gesprochen, daß ich sie kaum verstand.

»Jetzt muß ich mich aber um die Koffer von Sir Philip kümmern.« Mit diesen Worten ging sie an uns vorüber.

Wir setzten unseren Weg fort, aber plötzlich rief sie uns nach und kam zu uns zurück.

»Mr. Thomson Dawkes braucht Ihre Hilfe nicht mehr, Mr. Stabbat«, sagte sie. »Er weiß bereits alles!«

»Weiß er, daß Sie hier wohnen und welche Stellung Sie haben?« fragte Billy bestürzt.

Sie nickte.

»Er kam mit demselben Zug wie Sir Philip und ist ihm bis zur Bank gefolgt. Als ich wegging, lehnte er an einem Schalter in den Geschäftsräumen.«

Sie wandte sich um und ging auf den Bahnhof zu.

Kurz darauf begegneten wir Thomson Dawkes, der vor dem Hotel auf uns wartete und uns mit einem triumphierenden Lächeln ansah.

»Nun, Mr. Stabbat, wir haben ja Erfolg gehabt.«

Der ironische Ton seiner Stimme war unmöglich zu verkennen.

»Wie haben Sie es denn entdeckt?« fragte Billy.

»Sie haben mich darauf gebracht«, erwiderte Dawkes lachend. »Ich hatte nämlich die Ahnung, daß Sie das junge Mädchen beschützen wollen, und ersuchte deshalb Ihren Konkurrenten Seinbury, Sie zu beobachten. Ich nahm an, daß Sie früher oder später den Wohnort von Miss Ferrera ausfindig machen, mir aber nichts davon mitteilen würden. Und auf diese Weise habe ich Sie auch tatsächlich gefangen.«

Billy strich mit der Hand über die Stirn.

»Nun, wir werden ja sehen«, entgegnete er in seiner gewohnten Weise. »Was wollen Sie denn nun unternehmen, nachdem Sie Miss Ferrera gefunden haben?«

Dawkes lächelte niederträchtig.

»Sie meinen wohl, was wir jetzt unternehmen werden«, verbesserte er Billy. »Vergessen Sie nicht, Mr. Stabbat, daß Sie in meinem Auftrag tätig sind. Am besten kommen wir wohl einmal mit der jungen Dame zusammen und reden mit ihr.«

»Etwa hier?« fragte Billy schnell.

»Nein, nicht hier. Es wäre mir aber lieb, wenn Sie Miss Ferrera einladen würden, uns morgen abend in Ihrem Londoner Büro aufzusuchen.«

»Aber warum denn?«

»Aus den verschiedensten Gründen«, erwiderte Dawkes kühl. »Erstens sollen Sie in der Nähe sein, falls ...« Er machte eine Pause, als ob ihm kein passender Ausdruck einfiele.

»Sie meinen, falls sie Ihren Vorschlag nicht annimmt. Ich weiß nicht, was Sie von ihr wollen, aber vermutlich haben Sie die Absicht, einen Vorteil für sich herauszuschlagen.«

Dawkes sah ihn merkwürdig an.

»Sie tun mir vielleicht unrecht«, sagte er.

Ich glaube, daß er in diesem Augenblick vollkommen ehrlich sprach.

»Ich will Miss Ferrera folgenden Vorschlag machen. Seit achtzehn Monaten reist sie öfters nach Monte Carlo und nahezu jedesmal ist sie mit Gewinn zurückgekommen. Sie spielt nach einem bisher unbekannten System. Die Direktion der Spielbank achtet, wie Sie wissen, auf die Systemspieler und sucht hinter ihre Geheimnisse zu kommen; aber es ist den Leuten nicht gelungen, die Methode ausfindig zu machen, die sie anwendet.«

»Ich verstehe«, erwiderte Billy ruhig. »Sie soll Sie in ihr System einweihen. Wenn sie das nun aber nicht tut?«

»Ich habe nicht die Absicht, ihr zu drohen, bitte, denken Sie immer daran«, erklärte Dawkes mit Nachdruck. »Soviel ich weiß, ist sie durchaus ehrlich und besitzt ein großes eigenes Vermögen. Wenn ich sie für eine Diebin hielte, die die Bank beraubt, würde ich es allerdings als meine Pflicht ansehen, die Polizei sofort zu benachrichtigen. Aber das kommt wohl nicht in Betracht. Wenn sie sich allerdings weigern sollte, meine Fragen in dieser Richtung zu beantworten, würde ich weitere Nachforschungen anstellen und Sir Philip selbst um Aufklärung bitten.«

Billy schwieg. Er sah den Mann nur an, wie etwa ein Sammler einen seltenen Käfer betrachten würde.

»Wenn Sie natürlich der Überzeugung sind, daß sie die Bank bestohlen hat«, fuhr Dawkes fort, »und wenn Sie mir das in aller Form mitteilen, werde ich mir selbst weiter keine Mühe mit ihr geben, sondern die Sache sofort der hiesigen Polizei melden.«

»Das glaube ich unter keinen Umständen«, erklärte Billy.

»Ich fahre nach London zurück«, sagte Dawkes und sah auf die Uhr, »und ich lasse Sie beide zurück, um mit Miss Ferrera eine Zusammenkunft zu verabreden. Sagen wir – um acht Uhr morgen abend. Dann kann sie um halb zehn zurückfahren und kommt noch vor Mitternacht wieder in Elston an.«

Billy traf sie am Nachmittag und sprach allein mit ihr. Bei seiner Rückkehr zum Hotel teilte er mir nur kurz mit, daß Miss Ferrera eingewilligt hätte, am nächsten Abend um acht Uhr zur Bond Street zu kommen.

Mit dem letzten Zug fuhren wir beide nach London zurück.

7

Ich habe mir oft überlegt, ob Dawkes wirklich nur das System von Miss Ferrera erfahren wollte. Er war ein reicher Mann, aber das machte natürlich kaum einen Unterschied. Es gibt nur wenig vermögende. Leute, die nicht jede Gelegenheit ergreifen, um ihren Besitz noch zu vergrößern.

Am nächsten Morgen ging ich nicht direkt zu Billys Büro. Erst wollte ich mit Leslie Jones sprechen. Er war in viel besserer Stimmung, als ich erwartet hatte, weil es ihm gelungen war, den Versicherungsbetrug aufzudecken. Er hatte der Polizei bereits eine Anzahl wichtiger Tatsachen mitgeteilt, so daß die Schuldigen verhaftet werden konnten.

»Billy hat es aber ordentlich gepackt«, meinte er kopfschüttelnd. »Wir sind nun schon vierzehn Tage in diesem verdammten neuen Büro, und Billy hat bisher noch keine Ruhe gefunden, sich ein einziges Mal für längere Zeit an den Schreibtisch zu setzen und wirklich zu arbeiten.«

»Was macht er denn augenblicklich?«

»Er rennt wie ein gefangener Löwe auf dem neuen Teppich auf und ab. Der wird ja bald durchgetreten sein!« Leslie machte ein betrübtes Gesicht. »Und nach seinem wilden Gesichtsausdruck zu schließen, überlegt er sich allerhand Unangenehmes, das er Dawkes an den Kopf werfen will.«

»Hat er Ihnen etwas darüber gesagt?« fragte ich schnell.

»Er sagte mir nur soviel, als er es für gut hielt.« Leslie seufzte. »Aber daran bin ich schon gewöhnt, und ich lasse mir deshalb keine grauen Haare wachsen.« Trotzdem seufzte er wieder.

»Ich würde ja gar nichts sagen, wenn es ein anständiges Mädchen wäre«, begann er und schüttelte aufs neue den Kopf.

»Sie ist aber wirklich eine entzückende junge Dame«, verteidigte ich Miss Ferrera.

Er sah mich erstaunt an.

»Sie haben sich also auch von ihr einfangen lassen?« fragte er traurig. »Nun, die Sache wird ja bald vorüber sein. Ich habe einen feinen Fall für Billy. Hoffentlich beißt er an, und wenn er erst einmal wieder an der Arbeit ist, dann ist er in Sicherheit.«

Billington war in Verlegenheit um einen Ausweg. Das sah ich sofort, als ich in sein Büro trat. Er stand am Fenster und schaute düster hinaus. Wie es Leute tun, die zerstreut sind, beschäftigte er sich mit allerhand gleichgültigen Dingen. Zum Beispiel befand sich eine kleine Öffnung in der Täfelung am Fenster. Gerade, als ich hereinkam, sprang eine kleine Tür auf, und ich sah einen Hohlraum, der hinten von Mauerwerk begrenzt wurde.

»Was mag das nur sein?« fragte Billy.

Er schaute hinein, und es zeigte sich, daß ein Schacht nach unten führte. Schließlich fiel ihm die Erklärung ein.

»Ach, das war die frühere Zentralheizung. Die Warmwasserrohre kamen hier vom Keller herauf.« Er schloß die kleine Holztür.

Einige Zeit starrte er darauf, dann öffnete er sie wieder. Da kein Handgriff vorhanden war, steckte er sein Taschenmesser in den Spalt und zog den beweglichen Flügel auf.

»Eigentlich ein großartiges Versteck, wenn man etwas verbergen will.«

»Ja, man kann es nachher unten im Keller wiederfinden.«

Billy schlug die kleine Tür zu, legte das Messer auf den Schreibtisch und ging zum Kamin mit den zwei Löwen. Er stützte sich mit dem Ellbogen auf den Kopf des einen und vergrub das Gesicht in den Händen.

»Wenn sie nun tatsächlich das Geld bei der Bank unterschlagen hat – aber es ist ja nicht möglich!«

Ich sah ihn fragend an.

»Nehmen Sie einmal an«, fuhr er fort, »daß Miss Mary das Geld von der Bank geliehen hat, um ihrem Bruder zu helfen, der in Schwierigkeiten geraten ist –«

»Oder einem Freund oder einem Liebhaber.«

»Ach, seien Sie doch nicht so roh!« rief er laut. »Was denken Sie sich denn! Sie hat doch keinen Liebhaber!«

»Soviel wir wissen, hat sie auch keinen Bruder«, protestierte ich, nahm mir eine Zigarre und steckte sie an. »Also nehmen wir einmal an, daß sie tatsächlich das Geld von der Bank geliehen hat.«

Eine Weile schwieg er.

»Das wäre wirklich tragisch«, sagte er bedrückt.

Ich setzte mich und betrachtete ihn verwundert.

»Geht es Ihnen eigentlich immer so, wenn es sich um eine Frau handelt?«

Ich erwartete eine heftige Erwiderung, aber sie kam nicht.

»Ich habe stets großes Mitleid mit den Frauen gehabt, aber bis jetzt habe ich noch keine Frau geliebt«, entgegnete er ruhig.

Die Schlichtheit dieses Bekenntnisses brachte mich zum Schweigen. Er ging zum Schreibtisch, blieb neben mir stehen und legte eine Hand auf die Kante.

»Mont, wenn Thomson Dawkes heute abend beleidigend gegen sie wird, schieße ich ihn einfach nieder!« erklärte er sachlich und entschlossen.

»Aber das ist doch Unsinn! Erstens wird er nicht beleidigend, und zweitens schießen Sie ihn nicht nieder.«

»Er hat mich heute morgen angerufen und erklärt, daß er Mary allein sprechen will.«

»Das ist doch weiter nicht gefährlich. Wenn er mit der Drohung, sie bloßzustellen, etwas von ihr erreichen will, wünscht er doch sicher nicht, daß ich als Kriminalbeamter von Scotland Yard und Sie als Detektiv als Zeugen zugegen sind.«

»Mir gefällt die ganze Sache nicht.«

»Haben Sie denn schon Ihre Einwilligung zu dieser Privatunterhaltung gegeben?«

Er nickte.

»Darauf kommt es auch nicht so sehr an. Ich halte mich währenddessen in Leslies Raum auf, und sobald sie schreit, gehe ich hinein. Und ich sage Ihnen, Mont, wenn dieser gemeine Kerl sie beleidigt, mache ich ihn kalt.« Er schlug mit der Faust auf den Tisch.

»Wollen Sie etwas von mir, Leslie?« Jones hatte die letzten Worte gehört.

»Wen bringen Sie denn jetzt schon wieder um?« fragte er freundlich.

Billy lachte.

»Kommen Sie herein, Leslie, und bleiben Sie nicht an der Tür stehen.«

»Also, wen haben Sie eben erledigt?« fragte Leslie noch einmal, als er nähertrat.

»Dawkes.«

»Großartig!« entgegnete Leslie ironisch. »Ich werde Lilien schicken, Mont kann die Rosen besorgen. Dann machen wir beide Ihnen einen Abschiedsbesuch, bevor der Henker Sie an den Galgen knüpft.«

Er machte den Versuch, von dem neuen Fall zu erzählen, aber Billy wollte nichts hören, klopfte ihm nur gutmütig auf die Schulter und schickte ihn wieder fort.

»Erinnern Sie sich noch an die Fahrkarte dritter Klasse, die Dawkes in Miss Ferreras Tasche fand?« fragte er, als Leslie verschwunden war.

»Ach, meinen Sie das Billett nach Brixton? Ja, natürlich.«

»Sie hat eine Kusine in Brixton, die sie auf ihrem Weg von London nach Monte Carlo gelegentlich besucht. Diese Sache hat sich vollkommen harmlos aufgeklärt.«

Ich bemühte mich, über ein anderes Thema mit ihm zu sprechen, hatte aber nur wenig Erfolg. Immer wieder sprach er von Miss Ferrera und dem Geheimnis, das sie umgab.

»Sie trägt einen Revolver in ihrer Handtasche«, sagte er. »Aber auch das läßt sich erklären, denn sie hat immer so viel Geld bei sich, daß sie vorsichtig sein muß. Das habe ich in Monte Carlo an dem

Abend erfahren, als ich mit ihr auf der Terrasse sprach. Die Tasche stieß zufällig an meine Hand, und ich fühlte die Waffe.«

»Ein tüchtiges junges Mädchen«, entgegnete ich geduldig.

Seine Einladung zum Mittagessen lehnte ich ab und versprach, um halb acht wiederzukommen. Ich erschien aber erst um Viertel vor acht, und Miss Ferrera war inzwischen schon eingetroffen.

Ich bemerkte, daß sich selbst der skeptische, harte Leslie ihrem Einfluß nicht entziehen konnte. Billy war in gehobener Stimmung. Seine Wangen hatten sich gerötet, seine Augen glänzten, und er wandte keinen Blick von ihr. Wie gewöhnlich war sie selbstbewußt und beherrschte die Lage vollkommen. Sie erschien mir an diesem Abend noch schöner und begehrenswerter denn je.

»Er wird darauf bestehen, daß Sie ihm das System erklären«, sagte Billy gerade, als ich hereinkam. Nachdem sie mir die Hand gereicht hatte, setzte sie die Unterhaltung fort.

»Er soll nur darauf bestehen«, erwiderte sie ruhig.

»Können Sie ihm Ihr System erklären?«

Sie lächelte.

»Das ist ganz unmöglich. Erstens ist es nicht mein System, und selbst wenn es das wäre, könnte ich es nicht verraten. Es gehören schon gute mathematische Kenntnisse dazu, es zu begreifen.«

In diesem Augenblick kam Mr. Thomson Dawkes, so daß das Gespräch unterbrochen wurde. Zu meinem Erstaunen erschien er allein. Ich hatte erwartet, daß Inspektor Jennings ihn begleiten würde.

»Ich bin etwas zeitiger gekommen«, erklärte er mit einem freundlichen Lächeln. »Aber wir können ja sofort beginnen, da wir alle versammelt sind.« Er sah von Mary Ferrera zu Billy hinüber. »Ich sagte Ihnen schon, daß ich zunächst einmal allein mit Miss Ferrera sprechen möchte.«

Billy nickte und wandte sich an sie.

»Wenn Sie etwas brauchen sollten, zögern Sie nicht, nach mir zu rufen. Drücken Sie ruhig auf die Klingel.« Er zeigte dabei auf den elektrischen Knopf, der am Tisch angebracht war. »Ich komme dann sofort.«

Sie nickte, und wir verließen zusammen das Zimmer.

Nahm Thomson Dawkes Billingtons Drohung ernst? Ich glaube kaum. Er war ein Mann, der unbedingt an die Macht des Geldes glaubte und sich auf seinen großen Reichtum stützte. Auch Billy gegenüber vertrat er diesen Standpunkt und sah immer etwas verächtlich auf ihn herab. Aber nicht nur auf ihn, sondern auf alle seine Mitmenschen.

Ich kannte Billington Stabbat vielleicht besser als jeder andere, denn wir waren zusammen im Feld gewesen und hatten die größten Gefahren miteinander durchgemacht. Daher wußte ich auch genau, daß er wirklich das tun würde, was er sich vorgenommen hatte. Wenn Dawkes Mary irgend etwas zuleide tat, würde Billy keinen Augenblick zögern, ihn zu beseitigen.

Wir setzten uns gespannt in Leslies Zimmer nieder.

»Hoffentlich dauert die Unterredung nicht zu lange«, sagte Billy nach einiger Zeit nervös.

Ich erwiderte nichts. Schweigend saßen wir und sahen auf die Uhr. Der Minutenzeiger rückte langsam vor. Nach einer Viertelstunde stand Billy auf.

»Ich kann das nicht länger aushalten! Ich –«

Der Schuß, der im Nebenzimmer fiel, unterbrach ihn.

Billy sprang zur Tür und riß sie auf. Das Zimmer lag im Dunkeln, und hastig drehte er den Lichtschalter an. Ich werde niemals vergessen, welcher Anblick sich uns bot.

In der Nähe der Tür, die auf den Gang hinausführte, stand Mary Ferrera bleich und verstört. In der Hand hielt sie einen kleinen Revolver. Als das Licht anging, hob sie die Hand und sah erschreckt darauf.

»Wir haben einen Kunden verloren«, sagte Leslie.

Selbst in diesem schrecklichen Augenblick hatte er den Humor nicht ganz verloren. Zweifellos hatte er recht, denn über dem Schreibtisch ausgestreckt lag Thomson Dawkes mit einer gräßlichen Kopfwunde, aus der das Blut tropfte.

8

Weder Leslie noch Billy sprachen, und ich selbst zitterte heftig. Erst jetzt kam mir zum Bewußtsein, daß ich eine schwere Zeit durchgemacht hatte und den Erholungsurlaub wirklich dringend brauchte. Leslie riß das Löschpapier von der Schreibunterlage und legte es auf den Teppich, denn das Blut begann von der Tischplatte auf den Boden zu tropfen. Billington wandte sich an Mary Ferrera und nahm ihr den Revolver aus der Hand. Es war, als ob sie erst jetzt erwachte und die volle Wirklichkeit erfaßte. Zitternd klammerte sie sich an ihn.

»Er hat mich geküßt«, stöhnte sie, »er wollte mich festhalten ... ich drehte das Licht aus, um ihm auszuweichen. Schreien wollte ich nicht. Ich hoffte, ich könnte durch die Tür auf den Gang hinausschlüpfen, aber sie war verschlossen.«

»Ja, ja«, tröstete Billy sie. Er war so sorgsam mit ihr wie eine Mutter, streichelte und beruhigte sie und winkte mir dann.

»Bringen Sie Miss Mary fort. Gehen Sie mit ihr nach unten und besorgen Sie ein Taxi für sie.«

Ich zögerte nur einen Augenblick.

»Begleiten Sie sie nicht nach Hause«, warnte er. mich. »Setzen Sie sie nur in ein Auto und sagen Sie dem Chauffeur, daß er sie nach Brixton fahren soll. Dann kommen Sie zurück, ich brauche Sie hier dringend. Mary, nehmen Sie sich jetzt zusammen«, sagte er fast bittend und nahm ihr Gesicht in beide Hände.

Ich dachte schon, er würde sie küssen, aber er sah sie nur liebevoll an.

»Sie dürfen unter keinen Umständen sagen, was hier geschehen ist, haben Sie das verstanden? Sie sind überhaupt nicht hier gewesen. Keinem Menschen erzählen Sie, daß Sie heute abend in mein Büro kamen.«

»Aber – aber ...«, begann sie.

»Sie müssen alles tun, was ich Ihnen sage.«

»Ist er tot?« fragte sie leise. »Ich habe ihn nicht –«

»Nein, nein«, beruhigte er sie wieder. »Er ist nicht tot.«

Er glaubte zu lügen, aber er sprach die Wahrheit.

Ich brachte Mary nach unten und wartete auf dem letzten Treppenpodest, bis sie sich gesammelt hatte. Erst dann rief ich ein Taxi und versprach ihr, sie am nächsten Morgen aufzusuchen.

Ich selbst befand mich in einer entsetzlichen Lage. Ich war doch vor allem Polizeibeamter, und nun half ich einer Frau bei der Flucht, die allem Anschein nach einen Mann niedergeschossen hatte. Das durfte ich nicht einmal tun, wenn sie in Selbstverteidigung gehandelt hatte. Aber merkwürdigerweise war es mir im Augenblick fast gleichgültig, daß ich alle Diensteide brach, die ich jemals geschworen hatte. Dagegen war ich sehr besorgt um Billy, denn ich wußte, was er vorhatte. Als ich in das Zimmer zurückkam, war Leslie dabei, Dawkes' Kopfwunde mit einem Handtuch zu verbinden.

»Glücklicherweise ist er nicht tot«, sagte Billy, »aber sein Leben hängt an einem Haar. Ich glaube, die Kugel ist an seinem Schädel abgeglitten. Das eine Fenster ist vollständig zertrümmert.«

Mit vereinten Kräften trugen wir Dawkes zu einem Sofa und legten ihn dort nieder. Leslie hatte bereits mit einem Doktor telefoniert und einen Krankenwagen bestellt. Als wir den Verwundeten so gut als möglich gebettet hatten, trat Billy an den Schreibtisch, packte den Revolver, den er Miss Mary abgenommen hatte, sah sich um und ging zu dem Fenster, wo er am Vormittag die Öffnung in der Täfelung entdeckt hatte. Er machte die kleine Tür auf und warf die Waffe hinunter. Dann zog er seinen eigenen Browning aus einer Schreibtischschublade hervor.

»Was wollen Sie machen?« fragte ich.

»Das werden Sie gleich erfahren.«

Er ging schnell zum Kamin, richtete den Lauf der Pistole in die Feuerungsöffnung und gab einen Schuß ab. Putz und Stücke von Ziegelsteinen bröckelten herunter. Darauf trat er zu mir und reichte mir die Waffe.

»Sergeant Mont, als Sie die Treppe heraufkamen, hörten Sie, daß ein Schuß fiel, und als Sie ins Zimmer traten, fanden Sie Mr.

Dawkes in sterbendem Zustand. Er war über den Schreibtisch gestürzt, und ich stand hier.« Bei den Worten ging er zur Tür. »Sie fragten mich, was geschehen sei, und ich erwiderte, daß ich einen Streit mit dem Mann hatte und ihn über den Haufen schoß.«

»Das werde ich nicht sagen!« protestierte ich heftig.

»Das wäre eine große Dummheit, ja eine Gemeinheit«, stieß er zwischen den Zähnen hervor. »Eben kommt schon jemand die Treppe herauf. Wollen Sie mich jetzt verhaften oder wollen Sie vielleicht warten, bis Jennings auf der Bildfläche erscheint? Mont, um Himmels willen, tun Sie das, was ich Ihnen sage. Wir sind erledigt, wenn Sie nicht sofort handeln. Ich bin fest entschlossen, Mary aus dieser Sache herauszuhalten. Sie tun mir den größten Dienst, wenn Sie mir folgen.«

Was sollte ich tun? Es blieben mir nur ein paar Sekunden zur Entscheidung.

»Stabbat«, sagte ich mit lauter Stimme, »ich verhafte Sie unter dem Verdacht, auf Mr. Thomson Dawkes geschossen zu haben.«

Die Worte wollten mir kaum über die Lippen, aber ich zwang mich dazu, sie auszusprechen.

In diesem Augenblick kam Jennings zur Tür herein und erfaßte die Lage mit einem Blick.

»Wo ist das Mädchen?« fragte er schnell.

»Sie ist nicht gekommen«, entgegnete Billington.

Dann sah Jennings Dawkes auf dem Sofa liegen.

»Mein Gott, Sie haben ihn ja erschossen!« schrie er.

»Hoffentlich nicht, geschossen habe ich allerdings auf ihn.«

»Mont, wie weit sind Sie an der Geschichte beteiligt? Haben Sie etwas davon gesehen?« fragte Jennings rot vor Erregung.

»Ich habe Stabbat eben verhaftet«, erwiderte ich und fühlte nun doch eine gewisse Genugtuung, als ich Jennings Gesicht sah. Durch die Verhaftung hatte ich die Bearbeitung des Falls für mich gesichert oder wenigstens für einen Beamten meiner speziellen Abteilung. Jennings, der sein Leben lang im Büro gesessen hatte, wünschte sich schon seit langem einen Fall, der ihn in der Öffentlichkeit bekannt machte. Er sank förmlich in sich zusammen, als ihm klar wurde, welch großartige Gelegenheit ihm entgangen war.

Am nächsten Morgen erhielt ich einen Bericht vom Hospital. Dawkes hatte eine unruhige Nacht zugebracht und das Bewußtsein noch nicht wiedererlangt. Die Untersuchung ergab, daß er eine schwere Gehirnerschütterung und wahrscheinlich auch einen Bruch des rechten Stirnbeins davongetragen hatte. Die Ärzte wollten ihn, wenn es notwendig sein sollte, noch am selben Vormittag operieren. Ich ging so früh wie möglich zur Bond Street und fand dort Leslie Jones, der unter Beaufsichtigung eines Polizisten das Büro aufräumte. Ich entließ den Beamten, sobald ich eintraf.

»Wir müssen das ganze Büro unter Verschluß nehmen. Niemand darf von jetzt ab hier hereingehen«, erklärte ich. »Und Sie werden als Zeuge auftreten müssen, Leslie.«

»Das weiß ich«, erwiderte er bedrückt. »Der arme Billy! Ich komme gerade von der Polizeistation in der Marlborough Street. Ich habe ihm das Frühstück hingebracht.«

»Wie geht es ihm denn?«

»Er hat glänzend geschlafen«, sagte Leslie kopfschüttelnd. »Das ist so ganz und gar Billy. Ich habe dem Gefängniswärter ein paar Schilling in die Hand gedrückt, damit ich ihn sprechen konnte. Ich erzählte, ich wäre sein Diener, und das stimmt ja auch in gewisser Weise.«

»Und wie haben Sie ihn angetroffen?«

»Ich fragte ihn, ob er gut geschlafen hätte, und darauf erwiderte er, daß er die ganze Nacht nicht aufgewacht sei. Er schimpfte sogar, weil ich ihm nicht gebratene Nieren brachte. ›Billy, das ist eine verteufelt schlimme Geschichte‹, sagte ich zu ihm. ›Wir werden ja sehen‹, war alles, was er darauf antwortete. – Glauben Sie, daß Dawkes sterben wird?« fragte Leslie schließlich noch ängstlich.

Ich schüttelte den Kopf.

»Der Bericht vom Hospital klang allerdings nicht sehr ermutigend.«

»Dem geschähe es nur recht, wenn er ins Gras beißen müßte. Er ist ein ganz gemeiner Kerl! Wenn ich daran denke, daß dieses Mädchen in der Gewalt eines solchen Mannes war, ein so hübsches, nettes Ding ...«

»Auch du, mein Sohn Brutus?« sagte ich vorwurfsvoll, und Leslie wurde rot.

Ich untersuchte das Büro genau. Vor allem wollte ich den wirklichen Hergang feststellen, da ich doch später bei der Verhandlung eine glaubhafte Geschichte erzählen mußte, ohne Billy oder Miss Mary bloßzustellen. Ich suchte mich selbst in die Lage von Miss Ferrera zu versetzen, stellte mich an den Platz, wo wir sie gefunden hatten und tat so, als ob ich die Waffe in Anschlag brächte. In Wirklichkeit hob ich nur die Hand und zeigte mit dem Finger, um die Schußrichtung anzugeben. Mir fiel dabei sofort auf, daß man von dieser Stelle aus unmöglich die untere Fensterscheibe zertrümmern konnte. Thomson Dawkes hatte doch am Schreibtisch gestanden, als der Schuß abgefeuert wurde, und die Kugel hatte ihn am Kopf getroffen. In diesem Fall hätte der Schuß durch eins der oberen Fenster gehen müssen.

Es war wenig glaubhaft, daß die Kugel von seinem Kopf abprallte und so weit abgelenkt wurde, daß sie eine der unteren Fensterscheiben durchschlug. Die zertrümmerte Scheibe lag niedriger als der Kopf von Dawkes.

Allem Anschein nach hatte es keinen Zweck, nach dem Geschoß zu suchen, das durch das Fenster geflogen war und wahrscheinlich ein Dach auf der anderen Seite der Straße getroffen hatte. Später schickte ich einige Beamte aus, die auf dem gegenüberliegenden Dachstuhl eine genaue Untersuchung anstellten, aber auch sie entdeckten das Geschoß nicht. Wahrscheinlich war die Kugel also gegen das Gesimse geschlagen, auf die Straße gefallen und am frühen Morgen von den Straßenkehrern weggefegt worden.

Vom Hospital hatte ich Nachricht bekommen, daß Mr. Dawkes außer der Schußwunde am Kopf auch Kratzwunden im Gesicht hatte. Diese Tatsache könnte ich mir verhältnismäßig leicht erklären. Wahrscheinlich war Dawkes mit dem Kopf auf das Gestell gefallen, in dem Billington Federhalter und Bleistifte liegen hatte.

Die Tür zum Korridor war noch verschlossen wie am Abend vorher. Ich zog den Schlüssel heraus, steckte ihn in die Tasche und suchte die neugestrichene Tür nach Fingerabdrücken ab. Irgendwie im geheimen hoffte ich, daß noch eine dritte Person in dem Zimmer gewesen war, die den Schuß abgefeuert und Dawkes niedergestreckt hatte.

Dann erinnerte ich mich plötzlich an George Briscoe. Er hatte ja gedroht, Billy zu ermorden. George Briscoe! Aber Miss Ferrera hatte ja den Schuß zugegeben – und hatten wir sie nicht mit dem Revolver in der Hand überrascht? Aber angenommen, sie und Briscoe, der sich irgendwie im Raum versteckt haben konnte, hätten zu gleicher Zeit geschossen. Es war eine geradezu phantastische Vermutung, aber auf jeden Fall mußte ich feststellen, wo sich Mr. Briscoe während der fraglichen Zeit aufgehalten hatte. Dabei kam mir ein günstiger Umstand zu Hilfe, auf den ich nicht gerechnet hatte. Mr. Briscoe befand sich nämlich in einer Zelle der Polizeistation in Cannon Row, und zwar seit drei Uhr vergangenen Nachmittags. Man hatte ihn wegen des Einbruchs bei dem Juwelier in der Regent Street verhaftet.

Unverzüglich ging ich dorthin und besuchte ihn in seiner Zelle. Aber es bestand nicht der geringste Zweifel, daß er das beste Alibi hatte, das er sich nur wünschen konnte.

»Wer hat Sie denn verhaftet? Ich hatte nichts damit zu tun.« Ich hielt es für gut, Billy zu entlasten.

Er nickte.

»Das weiß ich alles ganz gut, Mr. Mont. Wenn Sie wissen wollen, wer mich angezeigt hat, dann kann ich Ihnen nur sagen: Cherchez les femmes! Warum sind Sie denn eigentlich hergekommen?« fragte er schnell. »Ist etwas geschehen?«

»Nichts Besonderes. Wir haben nur Mr. Thomson Dawkes mit einem Kopfschuß in Stabbats Büro gefunden. Jemand hat ihn niedergeknallt. Ich habe nachher Stabbat verhaften müssen, weil er in Verdacht steht, der Täter zu sein.«

»Donnerwetter, das sind ja allerhand Neuigkeiten! Habe ich recht gehört, daß Billy Stabbat verhaftet ist? Das ist ja großartig! Hat er es denn wirklich getan?«

»Leider ja. Ich war sogar Augenzeuge.«

»Ist Dawkes tot?«

»Nein, aber es geht ihm sehr schlecht.«

»Hoffentlich krepiert er«, meinte George Briscoe. »Es würde mir den größten Spaß machen, wenn ich durch die Gitter meiner Zelle sehen könnte, wie Stabbat zum Galgen geführt wird.«

»Na, Sie haben ja fromme Wünsche!«

Ich verließ ihn und suchte Mary in Brixton auf. In ihrer Gesellschaft wollte ich mich allerdings nicht sehen lassen, denn ich dachte an die unangenehme Erfahrung, die wir in Elston gemacht hatten. Jennings konnte mich ja irgendwie überwachen lassen, wie Dawkes Billy hatte beobachten lassen. Als ich zu ihr kam, fand ich, daß sie sich von dem Schrecken einigermaßen erholt hatte. Sie hatte eben die kurzen Berichte in den Zeitungen durchgelesen und war aufs höchste beunruhigt. »Ich kann nicht zugeben, daß er dieses Opfer für mich bringt. Was hier steht, ist doch alles nicht wahr. Ich kann ja alles aufklären.«

»Deshalb bin ich doch gerade zu Ihnen gekommen. Sie müssen mir alle nötigen Angaben machen.«

»Ich versuche schon dauernd, mich genau auf alles zu besinnen.«

Sie ging erregt im Zimmer auf und ab. Diese unerschrockene Spielerin, die Tausende wagte und einem Mann wie Thomson Dawkes ruhig entgegentreten konnte, war vollständig durcheinander. Nicht weil sie selbst in einer schrecklichen Lage war, sondern weil dem Mann Gefahr drohte, den sie liebte.

»Ich versuche nachzudenken und mir alles wieder klarzumachen«, sagte sie verzweifelt und rang die Hände. »Als Sie mich mit Mr. Dawkes allein ließen, sprach er zuerst ruhig und freundlich mit mir, erklärte, daß er alles über mich herausbekommen hätte und sagte, das Geld, mit dem ich in Monte Carlo spielte, stamme aus der Bank. Eine Weile redete er dann ganz vernünftig über verschiedene Systeme, aber plötzlich kam er auf mich zu und riß mich an sich, bevor ich seine Absicht erkennen konnte.

›Sie können mein Schweigen leicht erkaufen, wenn Sie mich ein wenig liebhaben. Sie können so oft nach Monte Carlo reisen, als Sie es sich in Ihren kleinen hübschen Kopf setzen‹, sagte er;

Ich versuchte zu entkommen, aber er war stark – unheimlich stark. Ich sagte, ich würde schreien, aber er lachte mir nur ins Gesicht.

›So etwas Dummes werden Sie nicht tun‹, entgegnete er. ›Dazu kenne ich doch die jungen Mädchen zu genau. Nun, mein Liebling, was wollen Sie? Soll ich die Beamten hereinrufen, oder wollen Sie vernünftig sein?‹

Plötzlich gelang es mir, ihm auf den Fuß zu treten, und unwillkürlich ließ er mich los. Während des Kampfes war ich der Tür näher gekommen, die auf den Korridor und zur Treppe führte, und als er mich freigab, lief ich dorthin. Ich wollte sie öffnen, aber sie war verschlossen.

Er wollte mich gerade wieder packen, als ich den Schalter sah und das Licht ausdrehte. Es gelang mir, ihm zu entkommen, aber ich konnte nicht an ihm vorbei und das Büro erreichen, wo Mr. Stabbat wartete.«

»Warum haben Sie nicht um Hilfe gerufen?«

Sie schüttelte den Kopf.

»Dawkes kannte mich ganz genau. Ich dachte, ich könnte entkommen, ohne großen Lärm zu schlagen, und vor allem, ohne Mr. Stabbat zu Hilfe zu rufen. Ich wußte genau, daß er entrüstet sein und eine furchtbare Szene machen würde, und das fürchtete ich am meisten. Dawkes muß mich gesehen haben, als ich am Fenster vorbeischleichen wollte, denn plötzlich eilte er auf mich zu. Ich hatte gerade noch Zeit, unter seinen Armen durchzuschlüpfen, bevor er sich am Schreibtisch stieß.

›Bleiben Sie stehen!‹ rief ich. ›Ich kann Sie deutlich sehen. Ich habe einen Revolver!‹ Dabei legte ich den Sicherheitshebel um. Ich habe die Waffe stets bei mir, wenn ich meine Reisen nach Frankreich mache. Wenn ich sie doch nur gestern abend nicht mitgenommen hätte!«

»Was geschah dann?«

»Er wurde furchtbar wütend. Ich konnte ihn deutlich vor dem Fenster sehen...« Sie schauderte. »Ich möchte nicht mehr an die Gemeinheiten denken, die er mir sagte. Ich hätte nie geglaubt, daß ein Mann wie er solche Dinge zu einer Frau sagen könnte. Was sich nachher ereignete, weiß ich kaum noch. Es drehte sich alles um mich, und ich hörte nur noch, wie er schrie:›Jetzt klingle ich Stabbat, der wird dafür sorgen, daß Sie ins Gefängnis kommen.‹ Dann muß ich die klare Besinnung verloren haben. Ich kann mich nur noch darauf besinnen, daß ein Schuß fiel und Dawkes schwer auf dem Schreibtisch aufschlug. Ich hatte den Revolver in der Hand und lehnte an der Wand. Gleich darauf kamen Sie in das Zimmer.«

»Ist das alles, was Sie wissen und worauf Sie sich besinnen können? Sie haben also nicht direkt nach ihm geschossen? Es kann ja doch wohl auch ein unglücklicher Zufall gewesen sein. Vielleicht ging der Schuß von selbst los.«

»Ich weiß nicht, was geschah«, erwiderte sie einfach. »Ich haßte ihn, und ich hätte ihn am liebsten ermordet. Auf dieses Gefühl besinne ich mich deutlich. Das ist alles, was ich weiß. – Wie geht es ihm?«

»Er hatte eine sehr unruhige Nacht, und die Ärzte werden ihn heute morgen operieren.«

Sie schaute erschreckt auf, aber dann zeigte sich ein verächtliches Lächeln auf ihrem Gesicht.

»Ich meine nicht Dawkes. Es kommt mir nicht darauf an, ob er lebt oder stirbt. Nein, wie geht es Mr. Stabbat? Was hält er von der ganzen Sache, und was soll daraus werden?«

Ich erzählte ihr alles, und ich glaubte, sie würde zusammenbrechen.

»Was, Sie haben ihn verhaftet – Sie!« Ihre Augen brannten. »Er hält Sie doch für seinen Freund, und Sie haben ihn wegen eines Verbrechens verhaftet, das er überhaupt nicht begangen hat, wie Sie genau wissen!«

»Wo wollen Sie hin?« fragte ich und faßte sie am Arm, als sie das Zimmer verlassen wollte.

»Ich gehe zur nächsten Polizeistation und berichte den wahren Sachverhalt.«

»Damit ruinieren Sie Billy nicht nur, sondern brechen ihm auch das Herz«, entgegnete ich ruhig. »Außerdem bringen Sie mich um meine Stellung! Sie dürfen nicht so planlos handeln. Billy hat das alles aus reiflicher Überlegung für Sie getan, weil es ihm leichter fällt als Ihnen, aus all den Schwierigkeiten herauszukommen. Vor allem will er Ihren Namen aus der Sache heraushalten – und auch den Ihres Onkels«, fügte ich hinzu.

Sie wurde bleich.

»Wußten Sie denn alles?« fragte sie schnell.

»Billy hat erfahren, daß Sie die Nichte von Sir Philip Frampton sind.«

Sie biß sich auf die Lippen und schien angestrengt nachzudenken.

»Wenn nun dieser Fall vor Gericht zur Verhandlung kommt, wie es ja unter allen Umständen geschehen muß, was wird dann aus Billy?«

Sie nannte ihn mit einer solchen Natürlichkeit beim Vornamen, daß es mir im Augenblick gar nicht auffiel.

»Er bekommt fünf, vielleicht auch sieben Jahre.«

»Fünf oder sieben Jahre?« wiederholte sie entsetzt. »Aber man kann ihm doch nichts anhaben. Das wäre grauenhaft, das wäre ein Verbrechen!«

Mary Ferrera zeigte sich anderen Frauen, die ich kannte, in diesem Augenblick überlegen. Die meisten hätten den Kopf verloren, aber sie faßte sich bald, wurde ruhiger und durchdachte den Fall vollkommen logisch. Und sie verstand auch mein Verhalten.

»Wenn sie ihn ins Gefängnis bringen«, erklärte sie schließlich so sachlich, als ob sie irgendeine Angelegenheit ihres Haushalts bespräche, »müssen wir ihn wieder herausholen.«

»Aber wie sollen wir das machen?« fragte ich bestürzt.

»Er muß eben entkommen. Das ist heutzutage ebenso leicht wie früher, ich möchte sagen, es ist noch einfacher... Was soll ich denn seiner Meinung nach jetzt tun?«

Ich erklärte es ihr. Zwar hatte ich mit Billy nicht darüber gesprochen, denn er hatte keine Zeit gehabt, mir irgendwelche Instruktionen zu geben oder seine Wünsche zu äußern. Ich ließ sie jedoch in dem Glauben, daß es sein Plan wäre, weil sie unbegrenztes Vertrauen zu ihm hatte.

»Sie haben doch einen Paß mit einem Dauer-Visum?«

Sie nickte, sah mich aber fragend an.

»Soll ich ins Ausland gehen?«

»Ja. Am besten wäre es, wenn Sie nach Südfrankreich reisten, bis die ganze Sache hier vorüber ist. Später können Sie zurückkommen, und dann überlegen wir alles weitere mit Leslie Jones.«

»Aber wie komme ich nach Monte Carlo?« fragte sie betreten.

Ich sah sie erstaunt an.

»Ich dachte, Sie könnten dorthin reisen, wann es Ihnen paßt?«

»Nein, ich reise nur dorthin, wenn ich geschickt werde.«

Sie war also nicht ihre eigene Herrin, sondern hatte diese abenteuerlichen Fahrten im Auftrag eines anderen unternommen, auf dessen Rechnung sie auch spielte.

»Dann müssen Sie es eben einrichten, daß Sie wieder hingeschickt werden. Vielleicht ist es besser, wenn Sie zu Ihrem Onkel gehen und ihm die ganze Geschichte erklären.«

»Nein, nein«, wehrte sie entschieden ab. »Das könnte ich nicht, das darf ich nicht tun. Ich werde sehen, daß ich einen anderen Ausweg finde.«

Ich wunderte mich, entschloß mich aber, Billy nichts von dieser Neuigkeit zu sagen.

In einer Beziehung konnte ich ihr helfen. Leslie Jones hatte mir dreihundert Pfund übergeben, die er aus Billys Geldschrank genommen hatte. Er bat mich, das Geld aufzubewahren, und nun bot ich es ihr an. Zu meinem größten Erstaunen nahm sie an. Allem

Anschein nach wurde sie für ihre Dienste nicht gerade glänzend bezahlt. Sie entschied sich dafür, abzureisen und an der Riviera zu bleiben, bis ich ihr telegrafierte. Zunächst aber mußte sie nach Elston fahren.

Am gleichen Abend besuchte ich Billy in seiner Zelle und berichtete ihm, was geschehen war. Er war mir sehr dankbar.

»Sie wissen nicht, welche Last Sie von mir genommen haben, Mont. Ich folgte einer augenblicklichen Eingebung, als ich Ihnen vorschlug, mich als den Schuldigen zu verhaften. Dadurch kam der Fall in Ihre Hand, und das macht die ganze Sache leichter. Wie geht es Dawkes?«

»Die Operation ist gut gelungen, aber es wird noch viele Wochen dauern, bis er eine Zeugenaussage machen kann.«

Tatsächlich trat er auch erst zwei Monate später vor Gericht in den Zeugenstand. Sein Kopf war noch vollkommen verbunden. Er erzählte alles, worauf er sich besinnen konnte.

Während seiner langen Genesung hatte er reichlich Zeit zum Nachdenken gehabt. Billy hatte beim Verhör vor dem Polizeigericht einen umfassenden Bericht gegeben, wie und warum er Dawkes niedergeschossen habe, und dieselbe Geschichte wiederholte nun Dawkes. Ich glaube, er schämte sich wegen der traurigen Rolle, die er bei der ganzen Sache gespielt hatte. Er war sich auch bewußt, daß er sich Miss Ferrera gegenüber unmöglich benommen hatte. Auf jeden Fall wurde ihr Name bei der Gerichtsverhandlung nicht erwähnt. Dawkes nahm sogar die Schuld auf sich und erklärte, daß er Billy herausgefordert hätte.

Ich hoffte zuerst, daß seine Aussagen sich günstig auswirken würden, aber ich wurde furchtbar enttäuscht.

»Sie erhalten eine Zuchthausstrafe von sieben Jahren«, lautete das Urteil des Richters.

Billy verbeugte sich kurz vor dem Gerichtshof und ging in seine Zelle zurück.

9

Durch einen außergewöhnlichen Zufall war George Briscoe der nächste Angeklagte, dessen Fall vor Gericht verhandelt wurde. Ich war nicht in der Stimmung, noch länger im Saal zu bleiben, las aber später in der Zeitung, daß er zu drei Jahren Zuchthaus verurteilt worden war.

Nun konnte ich Miss Ferrera den Ausgang des Prozesses telegrafieren. Ich war erstaunt, daß sie ihre Tätigkeit bei der Bank solange hatte unterbrechen können. Ich schrieb auch an Mr. Pontius, den Kassierer von Framptons Bank, und drückte mich sehr vorsichtig und diplomatisch aus.

Zwei Tage darauf hatte ich seine Antwort und erhielt die überraschende Nachricht, daß Miss Ferrera nach einem zweimonatigen Urlaub ihre Stellung bei der Bank aufgegeben hatte.

Er schrieb nicht, daß irgendwelche Entdeckungen gemacht worden wären. Aber er erwähnte, daß er meinen Brief nicht hätte beantworten können, wenn ich mich eine Woche früher an ihn gewandt hätte. Er teilte mir mit, daß alle Bücher von den Revisoren geprüft worden wären. Daraus schloß ich, daß keine Veruntreuung von ihrer« Seite aus vorgekommen war.

Leslie Jones war sehr deprimiert, aber er suchte Zerstreuung in der Arbeit und führte das Detektivbüro weiter. Er hatte auch verhältnismäßig gute Erfolge. Billys Büro betrachtete er als eine Art Heiligtum und vermied es, in das Zimmer zu gehen, in dem das Verbrechen begangen worden war. Er ließ alles so stehen, wie Billy es verlassen hatte.

Billy war schon etwas über drei Monate im Zuchthaus, als ich Leslie einen Besuch machte. Von Mary Ferrera hatte ich nichts gehört, und ich machte mir schon Vorwürfe darüber, daß ich sie alleingelassen und mich nicht um sie gekümmert hatte.

Ich machte eine Bemerkung über Billys Büro.

»Er soll bei seiner Rückkehr alles so finden, wie er es verlassen hat«, erklärte Leslie, aber er machte dabei ein betrübtes Gesicht. »Ich habe sehr viel zu tun, Mr. Mont, und ich wäre Ihnen sehr dankbar, wenn Sie mir ab und zu ein wenig helfen wollten. Ich habe zwar zwei Assistenten eingestellt, aber wenn man nicht alles selbst machen kann, ist es nichts Rechtes«, meinte er verzweifelt. »Die Leute arbeiten wohl, machen aber viel zuviel Umstände. Sie verkleiden sich sogar! Die Sache hat nur einen Vorteil – sie sitzen immer in derselben Kneipe, so daß ich stets weiß, wo ich sie finden kann.«

»Ich habe eine Sache, die Sie erledigen könnten«, sagte ich, als ich fortging.

»Sie meinen doch nicht einen Auftrag, Mr. Mont?« fragte er erstaunt.

Ich nickte.

»Die Sache geht auch Billy sehr an. Sie wissen doch, daß Miss Ferrera in Monte Carlo gespielt hat?«

Er lächelte schwach.

»Wie können Sie so etwas fragen!«

»Nun gut. Ich bin überzeugt, daß Miss Ferrera nur im Auftrag einer anderen Person gehandelt hat, und ich möchte herausbringen, wer das ist.«

Er schob den Stuhl zurück und steckte die Hände in die Taschen seines abgetragenen Rocks.

»Ich war inzwischen zweimal in Elston.«

»Warum denn?« fragte ich überrascht.

»Während der Prozeß gegen Billy schwebte, wollte ich natürlich keine Zeit verlieren und soviel entlastendes Material als nur möglich sammeln. Billy bedeutet für mich mehr, als Sie vielleicht ahnen.« Seine Stimme zitterte einen Augenblick.

Ich hätte niemals vermutet, daß Leslie Jones derartig gefühlvoll sein konnte. Aber ich sah, daß ihm die Tränen sehr nahe waren, und er hätte mir niemals verziehen, wenn er in meiner Gegenwart die Fassung verloren hätte.

»Was haben Sie denn in Elston gemacht?«

»Ich habe mich bei den Angestellten der Bank nach Miss Ferrera erkundigt und auch erfahren, wer ihre Freunde waren. Zunächst kam es mir merkwürdig vor, daß sie nicht im Haus ihres Onkels wohnte.«

»Das ist mir auch aufgefallen. Aber früher war sie doch bei ihm?«

»Ja, aber nur acht Monate lang. Er hat ein großes Haus direkt vor der Stadt. Seine Schwester führte ihm die Wirtschaft. Aber sie starb, und bald darauf starb auch sein Schwager. Damals adoptierte er seine Nichte.«

»Warum ist sie denn von ihm fortgezogen?«

»Weil sie ihn nicht ausstehen konnte«, lautete die überraschende Antwort. »Die Leute sagen, er hätte einen unangenehmen Charakter, und man könnte unmöglich mit ihm auskommen. Seine Angestellten hassen ihn wie die Pest.«

Das war mir neu. Der Chef einer großen Firma ist ja für gewöhnlich nicht besonders beliebt, aber geradezu verhaßt ist er wohl selten.

»Er ist ein geiziger Mensch mit beschränktem Horizont und entsetzlich altmodisch. Er hält es beinahe für ein Verbrechen, wenn Damen rauchen oder im Herrensattel reiten. Die Leute in der Stadt waren mehr als erstaunt, als er tatsächlich den Wunsch seines Schwagers erfüllte und Miss Ferrera adoptierte. Danach zog sie zu ihm, konnte es aber nicht länger als acht Monate bei ihm aushalten. Sie mietete sich dann eine eigene kleine Wohnung, behielt aber ihre Stellung in der Bank bei. Noch eine andere merkwürdige Tatsache habe ich herausbekommen: Miss Ferrera erhielt siebzig Schilling die Woche ausbezahlt, und dieselbe Summe wurde auf Sir Philips Privatkonto geschrieben.«

Ich setzte mich und starrte Leslie an.

»Dann erhielt sie also im ganzen hundertvierzig Schilling die Woche, und die Hälfte kassierte Sir Philip ein?«

Leslie nickte.

»Ich glaube, daß sie damit eine Schuld ihres Vaters abzahlte.«

»Das wäre allerdings eine gute Erklärung. Aber dieser Sir Philip muß ja wirklich ein entsetzlich gemeiner Kerl sein.«

»In den beiden letzten Wochen, die Miss Ferrera bei der Bank tätig war, hat sie die volle Summe von hundertvierzig Schilling ausgezahlt erhalten. Daraus geht klar hervor, daß die Schuld ihres Vaters abgetragen war. Deshalb hat sie wahrscheinlich auch ihre Stellung aufgegeben.«

»Ich werde Sie weiter auf dem laufenden halten«, sagte ich und stand auf.

»Aber gehen Sie doch noch nicht! Bleiben Sie hier und trinken Sie Tee bei mir.«

Er klingelte und gab dem jungen Mann, der gleich darauf erschien, den Auftrag, Tee zu holen. In verhältnismäßig kurzer Zeit war die Erfrischung zur Stelle.

Leslie erzählte mir nun noch die letzten Neuigkeiten über Billy. Zunächst war Stabbat in Wormwood Scrubbs untergebracht worden, aber noch in dieser Woche sollte er nach Dartmoor transportiert werden, da das Gefängnis in London zur Zeit mit politischen Gefangenen aus Irland überfüllt war.

»Es geht ihm persönlich sehr gut, und er ist in der besten Stimmung«, sagte Leslie ganz verzweifelt. »Er arbeitet in der Schneiderabteilung zusammen mit George Briscoe!«

»Da muß er sich aber sehr in acht nehmen.«

»Ebenso Briscoe«, erwiderte Leslie bedeutungsvoll. »Es wird ihm sicher schlecht gehen, wenn er sich in Händel mit Billy einläßt.«

»Das eine kann ich an Sir Philip Frampton nicht verstehen –« begann ich gerade, als es an der Tür klopfte. Der junge Mann kam wieder herein.

»Ein Herr möchte Sie in einer geschäftlichen Angelegenheit sprechen«, meldete er.

Leslie nahm die Karte, sah kurz darauf und reichte sie mir dann.

»Sir Philip Frampton«, stand darauf.

Leslie warf mir einen vielsagenden Blick zu.

10

Ich hatte Sir Philip vorher nur flüchtig gesehen und einen äußerlich guten Eindruck von ihm gehabt. Aber als ich ihn nun aus der Nähe betrachtete, wirkte er weniger günstig auf mich. Er war sehr groß, hatte aber eine verhältnismäßig niedrige Stirn und ein von vielen Falten durchzogenes Gesicht. Sein Blick wanderte ruhelos umher, und er rieb sich nervös die Hände, als Leslie ihm einen Stuhl hinschob.

»Guten Morgen«, begrüßte er uns mit rauher, brummiger Stimme. »Wer von Ihnen beiden ist Mr. Stabbat? Ein Bekannter hat Sie mir vor einigen Monaten empfohlen, und ich hätte einen Auftrag für Sie.«

»Mr. Stabbat ist aufs Land gefahren«, erklärte Leslie. »Aber ich führe in seiner Abwesenheit das Geschäft.«

Der alte Herr sah ihn fragend an. »Können Sie dann den Auftrag entgegennehmen?«

»Jawohl.«

Ich trank meine Tasse aus und wollte gehen, aber Leslie bat mich durch einen Blick, zu bleiben. Sir Philip schien es jedoch unangenehm zu sein, daß noch ein Dritter bei der Unterhaltung zugegen war. Der Blick, den er mir zuwarf, drückte das deutlich aus.

»Ist dieser Herr auch ein Detektiv, ich meine einer von Ihren Leuten?«

»Ja, er ist ein Detektiv«, beruhigte ihn Leslie.

»Hm«, sagte Sir Philip. »Er sieht intelligent aus.«

Ich errötete über die Taktlosigkeit, während Leslie nur mit Mühe ein Lächeln unterdrücken konnte. Sir Philip kam es gar nicht zum Bewußtsein, daß wir uns im stillen über ihn amüsierten.

»Da er wahrscheinlich später doch mit der Sache zu tun bekommt, ist es vielleicht besser, wenn er von Anfang an hört, was ich zu sagen habe«, begann er. »Sie wissen wahrscheinlich, daß ich Bankier bin. Ich leite eine der größten Banken in West-England. Vor einigen Jahren starb nun einer meiner Freunde, der mir eine größere Summe schuldete.« Leslie stieß mich unter dem Tisch an.

»Er hinterließ eine Tochter, und ich sorgte für die Waise, obwohl mich solche Familiengeschichten nicht gerade interessieren. Ich bin auch zeitlebens Junggeselle geblieben. Damals starb auch meine Schwester, die mir die Wirtschaft geführt hatte, und ich fühlte mich vereinsamt. Es war sehr schwer, mit dem jungen Mädchen auszukommen, obgleich sie mit mir verwandt und mir in mancher Beziehung verpflichtet war. Sie war sehr energisch und eigensinnig.«

Er schüttelte vorwurfsvoll den Kopf, und es war deutlich zu erkennen, daß ihm der Charakter seines Mündels durchaus nicht gefiel.

»Nach einigen unangenehmen Zwischenfällen gab ich schließlich meine Zustimmung, daß sie eine Wohnung in der Stadt bezog. Abgesehen davon muß ich aber bemerken, daß sie einen sehr verantwortungsvollen Posten in meiner Bank hatte. Vor einem Monat bat sie nun um ihre Entlassung, obwohl ich sie immer sehr zuvorkommend und großzügig behandelt hatte. Früher fuhr sie häufiger nach Paris, um ihre französischen Sprachkenntnisse zu vervollkommnen. Ich hatte ihr auch zugesagt, später die Auslandskorrespondenz durch sie erledigen zu lassen«, erklärte er nachdrücklich. »Ich sah ihren Austritt aus dem Geschäft nur sehr ungern. Damit wäre die Sache nun eigentlich erledigt gewesen. Aber als ich vorige Woche den Inhalt meines Privatsafes prüfte, fand ich, daß zwanzigtausend Pfund fehlten.«

Leslie schrieb mechanisch die Summe auf einen Notizblock.

»Zur gleichen Zeit erfuhr ich durch einen anonymen Brief, daß Miss Ferrera öfter nach Monte Carlo reiste und dort spielte, während ich sie in Paris vermutete.«

Wir schwiegen beide.

Mir tat Billy sehr leid. Nun kam doch alles heraus – aber es war noch eine dritte Person im Spiel, jemand, für den sie das alles getan hatte. Wer mochte der anonyme Briefschreiber sein, der sie bei ihrem Onkel verraten hatte? Ich dachte unwillkürlich zuerst an Mr. Thomson Dawkes, aber das hätte sich nicht mit der Haltung vereinbaren lassen, die er in letzter Zeit gezeigt hatte.

»Und was soll ich nun für Sie tun?« fragte Leslie. »Die Frage ist nicht so leicht zu beantworten«, entgegnete der alte Herr zögernd. »Am besten würde man sie warnen, nicht wieder nach Elston zu kommen. Ich möchte nicht haben, daß sie unnötig beunruhigt wird. Sie soll auch nicht erfahren, daß ich von ihrer Doppelrolle weiß.«

»Wenn wir nun annehmen, daß sie das Geld tatsächlich genommen hat –«, begann ich.

»Das brauchen wir gar nicht mehr anzunehmen«, unterbrach er mich. »Die Sache liegt vollkommen klar. Sie war die einzige, die den Safe öffnen konnte, und ich habe die Tatsachen, die in dem anonymen Brief standen, erst nachgeprüft, bevor ich hierherkam. Ich habe die genauen Daten ihrer Besuche in Monte Carlo, und ich weiß auch, daß sie sich dort Miss Hicks nannte. Ich werde Ihnen jetzt eine Adresse geben, unter der Sie das Mädchen meiner Meinung nach bestimmt finden können. Es ist eine kleine Villa in Brixton. Also, wollen Sie den Auftrag übernehmen und ihr ohne Erwähnung der eigentlichen Zusammenhänge beibringen, daß es nicht ratsam für sie ist, sich wieder in Elston sehen zu lassen?«

Leslie nickte.

Sir Philip nahm einen kleinen Zettel mit der Adresse aus der Brieftasche. Er hätte sich ja die Mühe sparen können, denn ich wußte die Adresse auch. Es war mir allerdings neu, daß sich Miss Ferrera in London aufhielt.

»Sie können ihr noch sagen«, fuhr Sir Philip nach einer Weile fort, »daß ich ihr nicht böse bin. Das Testament, in dem ich ihr eine jährliche Rente vermachte, habe ich allerdings vernichtet.«

Wir erfuhren später, daß es sich um eine Summe von fünfundsiebzig Pfund im Jahr gehandelt hatte.

»Bevor ich nach Elston zurückkehre, werde ich ein anderes Testament aufsetzen und sie darin mit einem Erinnerungszeichen an ihren Wohltäter bedenken.«

Leslie begleitete ihn hinaus. Als er zurückkam, sah er mich fragend an.

»Was halten Sie von der ganzen Sache?«

»Ein erstaunliches Zusammentreffen. Sie werden natürlich seinen Auftrag ausführen?« Leslie schüttelte den Kopf.

»Ich weiß nicht, was ich tun soll. Billy steht auf dem Standpunkt, daß man das Vertrauen eines Kunden unter allen Umständen respektieren muß. Im Falle von Miss Ferrera hat er allerdings eine Ausnahme gemacht, das gebe ich zu. Und ich muß auch sagen, daß ich mich in bezug auf die Anklage, die Sir Philip gegen die junge Dame erhoben hat, eigentlich nicht zum Schweigen verpflichtet fühle. Ich werde mich jedenfalls erkundigen, ob sie die Absicht hat, nach Elston zu gehen. Warum nur hat er ihr nicht selbst geschrieben oder ihr das alles persönlich mitgeteilt... Ach so, sie soll ja nicht erfahren, daß er über die Entwendung des Geldes unterrichtet ist.«

Ich verabschiedete mich von Leslie, der sofort Miss Ferrera aufsuchen wollte, und besuchte Mr. Thomson Dawkes. Er wohnte in einem großen Haus in der Nähe von Regent's Park, und ich hatte Glück, daß ich ihn zu Hause antraf. Als ich ihm in seinem Arbeitszimmer gegenüberstand, bemerkte ich jedoch, daß er sehr gut aussah.

»Hallo, Mr. Mont, was führt Sie denn zu mir? Kann ich etwas für Sie tun? Nehmen Sie doch bitte Platz und rauchen Sie eine Zigarre.«

»Es ist nichts Besonderes geschehen, ich wollte Sie nur etwas wegen Miss Ferrera fragen.«

Er verzog das Gesicht.

»Ich hoffte, der Name dieser jungen Dame würde nicht mehr genannt werden. Die Sache ist mir unangenehm, das wissen Sie natürlich selbst sehr gut. Sie sind ja in alles eingeweiht. Ich habe übrigens Jennings von alledem nichts gesagt.«

Ich drückte meine Dankbarkeit darüber aus und erklärte ihm dann den Grund meines Besuches.

»Sie entsinnen sich doch, daß Miss Ferrera in Framptons Bank in Elston angestellt war, und ebenso ist Ihnen bekannt, daß sie in Monte Carlo sehr hoch spielte.«

Er nickte.

»Natürlich«, entgegnete er mit einem müden Lächeln.

»Nun hat Sir Philip entdeckt, daß eine Summe von zwanzigtausend Pfund aus seinem Safe entwendet wurde. Seiner Meinung nach kommt nur Miss Ferrera als Täterin in Betracht. Er weiß auch, daß sie an der Riviera hoch gespielt hat. Das hat er durch einen anonymen Brief erfahren. Ich möchte Sie nun offen fragen, ob Sie der Schreiber sind?«

»Nein, natürlich nicht! Das wäre doch eine Gemeinheit gewesen. Wenn ich Miss Ferrera irgendwie hätte schaden wollen, so hätte ich das doch viel leichter als Zeuge bei der Gerichtsverhandlung tun können. Glauben Sie mir, nach allem, was ich durchgemacht habe, würde ich mich nicht zu einer so niederträchtigen Handlungsweise herbeilassen.«

»Davon war ich auch überzeugt, Mr. Dawkes. Aber haben Sie eine Ahnung, wer den Brief geschickt haben könnte?«

»Vielleicht ist sie in Monte Carlo von jemand erkannt worden. Es kommen ja viele Engländer dorthin ...«

»Aber dann sollte man doch nicht annehmen, daß der Betreffende gleich einen anonymen Brief schriebe.«

»Da mögen Sie recht haben«, gab Dawkes zu. »Es ist eine sehr unangenehme Geschichte. Jeden Abend, wenn ich mich schlafen lege, muß ich an unseren armen Freund Billington Stabbat denken. Eigentlich sollte ich an seiner Stelle sein. Die Tatsache, daß Miss Ferrera auf mich geschossen hat, kann man allerdings nicht aus der Welt schaffen.«

»Ist das wirklich so sicher?«

»Darüber besteht doch nicht der leiseste Zweifel. Ich habe das Mündungsfeuer deutlich gesehen. Gibt sie es denn nicht zu?« fragte er überrascht.

Ich schüttelte den Kopf.

»Sie weiß nicht, ob sie es getan hat. Offenbar haben Sie etwas gesagt, was sie in größte Empörung brachte.«

Er hob abwehrend die Hand.

»Erinnern Sie mich bitte nicht daran, ich habe mich wirklich nicht sehr fair benommen. Wenn ich ihr das nächste Mal begegne, muß ich sie um Verzeihung bitten für alles, was vorgefallen ist.«

Als ich Mr. Thomson Dawkes verließ, war er mir lange nicht mehr so unsympathisch wie früher. Ich war ihm direkt wohlgesinnt. Meiner Erfahrung nach gibt es überhaupt kaum Menschen, die vollkommen unverbesserlich wären.

An diesem Abend erhielt ich die Nachricht, daß ich zum Inspektor befördert worden war, weil ich den Fall Stabbat so glatt erledigt hatte. Das war allerdings eine Ironie des Schicksals. Inspektor Jennings begegnete mir, als ich die Treppe in Scotland Yard hinunterging, und gratulierte mir mit sauerem Gesicht.

»Ich habe gehört, daß Sie eine Stufe höher gekommen sind. Nun, es ist Ihnen ja sehr leicht gefallen. Manche von uns müssen jahrelang warten und hart arbeiten, manche werden vom Schicksal bevorzugt und überspringen andere tüchtige Beamte.«

»Ich danke Ihnen für Ihre Gratulation«, erwiderte ich höflich. »Und da wir jetzt den gleichen Rang haben und unter vier Augen miteinander sprechen, möchte ich Ihnen in aller Liebenswürdigkeit sagen, daß ich mich den Teufel um Ihre Glückwünsche kümmere.«

Er machte ein böses Gesicht und drehte mir den Rücken.

Ich speiste zu Hause und hatte die Mahlzeit noch nicht beendet, als das Telefon klingelte. Mary Ferrera sprach von einer Fernsprechzelle aus; ihre Stimme klang froh und vergnügt.

»Ich habe gerade den geheimnisvollen Mr. Leslie Jones gesehen. Er hat mich gefragt, ob ich die Absicht hätte, nach Elston zurückzukehren. Selbstverständlich kommt das nicht in Frage, aber ich möchte doch gern von Ihnen erfahren, warum er das wissen wollte.«

»Das weiß ich nicht. Leslie ist ein ziemlich neugieriger Mensch«, entgegnete ich vorsichtig.

»Er muß aber doch irgendeinen Grund gehabt haben.«

»Er tut nie etwas ohne Grund. Er ist der konsequenteste Mensch, den ich kenne.«

»Ich habe ihn heute gesehen«, sagte sie nach einer kurzen Pause.

»Ich weiß, Sie haben es mir eben gesagt.«

»Ach, ich meine doch nicht Mr. Leslie Jones. Ich habe – Billington gesehen.«

»Ist das möglich?« fragte ich überrascht. »Wo denn?«

»In Wormwood Scrubbs«, erwiderte sie etwas erregt. »Heute abend wird er nach Dartmoor gebracht. Ich muß mit Ihnen sprechen, Mr. Mont.«

»Ich komme morgen zu Ihnen.«

Mein Vorschlag schien ihr jedoch nicht zu passen.

»Sie sollen nicht den weiten Weg hierher machen. Ich komme morgen nachmittag in Ihr Büro.«

»Ich habe kein eigenes Privatbüro, und die Zimmer in Scotland Yard sind alle so düster und unfreundlich. Vielleicht könnten wir uns in Billys Büro treffen? Leslie hat sicherlich nichts dagegen und wird uns eine ausgezeichnete Tasse Tee servieren.«

Ich hatte das unbestimmte Gefühl, einen Fehler zu machen, als ich das sagte, und plötzlich fiel mir auch wieder ein, daß sich der alte Frampton ebenfalls für morgen nachmittag angemeldet hatte.

»Nein, kommen Sie morgen nicht«, sagte ich hastig.

»Um vier Uhr bin ich dort. Versuchen Sie nicht, die Sache rückgängig zu machen, Mr. Mont. Anscheinend liegt Ihnen nicht sehr viel daran, mich wiederzusehen?«

»Ich versichere Ihnen, Miss Ferrera, daß mir sehr viel daran liegt, aber –«

»Ich will von keinem Aber hören. Also, guten Abend.« Damit brach sie das Gespräch ab.

Die beiden brauchten sich ja nicht unbedingt zu treffen, überlegte ich später, denn es standen drei Büroräume zur Verfügung. Allerdings würde sie nach ihrem traurigen Erlebnis wohl kaum in Billys Zimmer gehen wollen.

Am folgenden Morgen hatte ich in Scotland Yard reichlich zu, tun, fand aber doch Zeit, Leslie anzurufen und ihn von der Verabredung zu verständigen, die ich mit Mary Ferrera getroffen hatte.

»Gut, das ist in Ordnung. Übrigens ist sie schon ziemlich lang in London und hat nicht die geringste Absicht, nach Elston zu fahren. Hat sie Ihnen das auch gesagt?«

»Ja.« Ich berichtete ihm, was ich am Telefon mit ihr gesprochen hatte.

»Es ist doch großartig, daß sie ihn im Gefängnis aufgesucht hat«, meinte er bewundernd. »Er muß übrigens ganz gut behandelt werden, wenn man ihm erlaubt, zu beliebigen Zeiten Besuch zu empfangen.«

An demselben Tag wurde das Parlament eröffnet, und ich mußte in Whitehall für Ruhe und Ordnung sorgen. Zum erstenmal trug ich dabei meine neue Uniform, und wurde daher weder von Sir Philip Frampton noch von Mary Ferrera erkannt, als ich ihnen in der John Street begegnete. Sie standen an der Ecke der Chandos Street und sprachen miteinander. Später erfuhr ich, daß sie sich zufällig unten am Themseufer getroffen hatten. Der alte Herr war sehr ärgerlich. Als ich vorüberging, sagte Mary Ferrera gerade:

»Ich habe nie etwas von dir erwartet, Onkel.«

Gleich darauf sprach er wieder, und ich fing noch das Wort »Testament« auf. Das alles war erstaunlich.

Ich ging nach Hause und zog Zivilkleider an. Um drei Uhr nachmittags machte ich mich dann auf den Weg zu Leslie Jones, um meine Verabredung mit ihm und Miss Ferrera einzuhalten. Ich traf Leslie auf der Treppe. Ein guter Freund hatte ihn bei Tisch aufgehalten.

»Der Alte kommt nicht. Er hat mich heute vormittag angerufen. Wir haben also viel Zeit für Miss Ferrera.«

Als wir auf dem ersten Treppenpodest ankamen, hörten wir, daß jemand eilig herunterkam. Ich schaute hinauf und sah zu meinem größten Erstaunen Mary Ferrera. Sie war bleich und verstört, antwortete nicht, als ich sie ansprach, und trachtete nur danach, an uns vorbeizukommen. Ich starrte ihr entsetzt nach.

»Was mag bloß geschehen sein?« fragte ich Leslie. Er schwieg eine Sekunde.

»Wir werden ja sehen«, sagte er dann.

Die Tür zu Billys Privatbüro lag direkt dem Treppenaufgang gegenüber. Weiter rechts befand sich Leslies Büro und ein anderer Raum, in dem die Besucher von einem Angestellten empfangen wurden. Wir traten in Leslies Zimmer, und gleich darauf erschien der Angestellte in der Tür.

»Wer war denn hier?« fragte Leslie scharf.

»Die junge Dame, die schon öfter herkam, und der alte Herr.«

»Der alte Herr?« wiederholte Leslie ungläubig.

»Ja. Sie sind beide drüben.« Er zeigte mit dem Kopf auf die Tür zu Billys Arbeitszimmer.

»Die junge Dame ist auf keinen Fall dort. Die ist uns eben auf der Treppe begegnet.«

»Nun, der alte Herr ist jedenfalls noch da. Er kam vor etwa einer halben Stunde und fragte mich, ob er einen Brief schreiben könnte. Ich führte ihn darauf in Mr. Stabbats Büro.«

»Wie kommen Sie denn dazu?« fuhr ihn Leslie an. »Wenn Sie solchen Unsinn machen, können Sie sich gleich nach einer anderen Stelle umsehen. Was ist denn geschehen?«

»Die junge Dame kam später«, entgegnete der junge Mann mürrisch. »Sie ging in Ihr Zimmer, aber ich glaube, die Tür zu dem großen Arbeitszimmer von Mr. Stabbat stand auf. Sicher hat sie den alten Herrn dort gesehen. Auf jeden Fall ging sie hinein und schloß die Tür. Sie müssen auch jetzt noch dort sein«, erklärte er hartnäckig.

Das war also der Grund für Marys Aufregung und Ärger.

»Das ist mir furchtbar unangenehm«, sagte Leslie. »Jetzt glaubt sie wohl, wir hätten ihr eine Falle gestellt. Ich möchte nur wissen, was er zu ihr gesagt hat.«

Er riß die Tür auf und trat in Billingtons Büro. Plötzlich blieb er stehen. Mitten im Zimmer lag Sir Philip Frampton auf dem Boden. Er hatte einen Einschuß über der linken Augenbraue.

11

Leslie taumelte, und ich fürchtete, er würde ohnmächtig werden.

»Um Himmels willen!« flüsterte er, wandte sich um und packte den Angestellten an der Hand, der auch hereingekommen war. »Haben Sie einen Schuß gehört?«

»Nein«, erwiderte der junge Mann bestürzt und furchtsam. »Ich hörte wohl ein Geräusch, aber ich glaubte, die Tür wäre heftig zugeschlagen worden.«

Leslie eilte zu der Tür, die auf den Korridor, führte. Sie war nicht verschlossen, nur angelehnt. Wir hätten das auch bemerkt, wenn uns nicht die plötzliche Begegnung mit Mary abgelenkt hätte.

»Wie lang ist es denn her?« fragte Leslie, aber der Angestellte konnte keine genauen Angaben machen. Es mochten vor unserer Ankunft fünf Minuten verstrichen sein, oder auch zwei. Er war seiner Sache nicht sicher.

Leslie untersuchte das ganze Büro in größter Eile, während ich mich mit einem Hospital in Verbindung setzte und einen Arzt mit einem Krankenwagen bestellte.

»Sehen Sie, Mont, er hat hier am Tisch geschrieben.« Es lag ein Briefbogen auf der Platte, daneben ein Kuvert, das an eine Rechtsanwaltsfirma adressiert war. Der Anfang des Schreibens lautete:

Sehr geehrter Mr. Tranter,

ich habe die Bestimmungen für mein neues Testament überlegt. Das frühere habe ich vernichtet. Ich möchte –

Hier endete der Brief; die Tinte war noch naß. Leider entdeckten wir nicht, daß die Feder alt und verdorben war, obgleich das ein wichtiger Anhaltspunkt für uns gewesen wäre.

Wir hatten noch einige Minuten Zeit, bevor der Arzt erschien, und wir mußten diese kurze Spanne nützen.

»Was sollen wir jetzt tun?« fragte Leslie verzweifelt. »Ich wüßte wirklich nicht, was wir machen sollten«, erklärte ich vollkommen hoffnungslos.

»Aber wir dürfen doch nicht untätig bleiben. Billy bricht das Herz, wenn dem Mädchen etwas passiert. Überlegen Sie doch, Mont! Um Himmels willen, denken Sie sich etwas aus! Sie war mit ihm hier im Zimmer, das können wir nicht abstreiten. Und sie lief fort, nachdem er ermordet wurde. Wer weiß denn eigentlich, daß sie hier war?« fragte Leslie plötzlich.

Ich glaubte einen Augenblick, er könne infolge der Aufregung nicht mehr klar denken.

»Der junge Mann weiß es doch«, sagte ich ruhig. »Wir müssen den Tatsachen ins Gesicht sehen. Es hat keinen Zweck, daß wir uns selbst täuschen, es bleibt nur übrig, Mary Ferrera zu verhaften oder ihr zur Flucht aus dem Land zu verhelfen. Aber diesmal läßt es sich nicht umgehen, daß ihr Name in Verbindung mit dem Mord genannt wird.«

Leslie verbarg das Gesicht in den Händen, und in dieser Haltung traf ihn auch der Doktor. Während der Arzt den Toten untersuchte, winkte mir Leslie.

»Sie gehen am besten zu ihr und sprechen mit ihr, Mont«, sagte er unsicher. »Und dann tun Sie, was Sie für das richtige halten.«

Als ich zu ihrer Wohnung in Brixton kam, war sie nicht zu Hause, und ich mußte eine halbe Stunde warten. Sie warf den Kopf in den Nacken, als sie mich sah.

»Diesen Besuch habe ich wirklich nicht erwartet«, sagte sie ablehnend. »Aber vielleicht wissen Sie nichts von Leslies Plan.«

»Ich weiß nicht, was Sie meinen«, entgegnete ich kurz.

Sie nahm ihren Hut ab und legte ihn auf die Couch.

»Ich hätte niemals geglaubt, daß Leslie Jones einen Auftrag annehmen würde, mich zu beobachten! Und ich habe es mir niemals träumen lassen, daß Sie mit Sir Philip Frampton unter einer Decke steckten –«

»Sie dürfen nicht so verächtlich von einem Toten sprechen, Miss Ferrera«, unterbrach ich sie.

»Tot?« wiederholte sie ungläubig und wurde bleich. »Sir Philip ist doch nicht tot! Ich habe ihn noch heute nachmittag gesehen.«

»Als wir in das Büro kamen, lag er auf dem Boden und hatte eine Schußwunde im Kopf.«

Sie sank in einen Sessel.

»Erklären Sie mir das. Ich kann es noch nicht fassen«, sagte sie langsam. »Sie gingen nach oben und fanden ihn tot?«

Ich nickte.

Sie sah mich bestürzt an und sprang wieder auf.

»Dann sind Sie hergekommen, um mich zu verhaften?«

»Ich bin gekommen, um Sie entweder festzunehmen oder Ihnen bei Ihrer Flucht behilflich zu sein«, erklärte ich schroff. »Das letztere bedeutet für mich natürlich, daß ich meinen Dienst bei der Polizei aufgeben muß. Ich kann unmöglich im Amt bleiben, nachdem ich Ihnen zur Flucht verholfen habe.«

»Glauben Sie, daß ich Sir Philip ermordet habe?«

Ich sagte nichts darauf.

»Glauben Sie wirklich, daß ich es getan habe?« drängte sie.

»Wenn Sie mir versichern, daß Sie unschuldig sind, will ich Ihnen glauben«, erwiderte ich. Es kam wieder etwas Farbe in ihr Gesicht.

»Sie sind wirklich sehr gut zu mir, Mr. Mont.« Bei diesen Worten legte sie die Hand auf meine Schulter. »Ich danke Ihnen. Ich habe Sir Philip nicht umgebracht. Er hat mich sehr geärgert, aber ich habe ihn nicht erschossen.«

»Dann müssen Sie machen, daß Sie fortkommen, denn wir fahnden doch bereits nach Ihnen –«

Sie schüttelte den Kopf.

»Ich gehe nicht fort. Armer Mont, nun müssen Sie mich auch verhaften«, entgegnete sie lächelnd. »Setzen Sie sich bitte einen Augenblick«, bat sie. »Ich muß Ihnen eine sonderbare Geschichte erzählen. Als mich Sir Philip Frampton in sein Haus nahm, tat er es nur sehr widerwillig. Aber mit der Zeit erkannte er wohl, daß er in mir einen Freund und Mitarbeiter hatte. Schließlich war ich direkt mit ihm verwandt, und außerdem war ich ihm zu großem Dank verpflichtet. Er hatte meinem Vater nämlich früher sechshundert Pfund geliehen. Nun faßte er einen Plan, den er mir nach einiger Zeit mitteilte. Sir Philip war ein großer Mathematiker und hatte sich viel mit Wahrscheinlichkeitsrechnung beschäftigt. Infolgedessen interessierte er sich auch für das Glücksspiel. In der kleinen Stadt hatte er keine Gelegenheit selbst zu spielen, außerdem hätte er seines Rufes wegen davon absehen müssen. Aber theoretisch gab er sich viel damit ab und war vielleicht die größte Autorität auf dem Gebiet des Roulette und des Trente et Quarante. Wenn er abends um sieben gegessen hatte, arbeitete er gewöhnlich alle möglichen Kombinationen des Roulettespiels aus. Er besaß sogar genaue Aufzeichnungen über die Spielresultate in Monte Carlo während der letzten dreißig Jahre. Vor sechs Jahren stellte er schließlich ein System auf, das er für unfehlbar hielt.

Eines Abends zog er mich ins Vertrauen. Ich mußte ihm versprechen, niemand etwas davon zu sagen, bevor er mir das System erklärte. Er selbst war nie in Monte Carlo gewesen, aber er hätte es zu gern praktisch erprobt. Da er sehr reich war, hätte er sich über die öffentliche Meinung hinwegsetzen können. Aber es war eine persönliche Schwäche von ihm, stets auf andere Leute zuviel Rücksicht zu nehmen und ihre Kritik zu fürchten. Deshalb schlug er mir vor, daß ich mit den von ihm ausgearbeiteten Spielplänen nach Monte Carlo reisen sollte. Sooft ich nach Südfrankreich fuhr, nahm ich eine Million Franc mit. Und mit einer einzigen Ausnahme gewann ich damit eine Million fünfhunderttausend Franc. Auch dieses eine Mal hätte ich nicht verloren, wenn Sir Philip sich nicht geirrt und mir falsche Zahlen aufgeschrieben hätte. Als ich damals zurückkam und ihm von meinem Verlust erzählte, geriet er außer sich und behauptete, ich hätte nicht nach seinem System gespielt. Schon damals wohnte ich nicht mehr bei ihm, weil er sich nicht beherrschen konnte und mir dauernd Vorwürfe machte. Ich erklärte ihm dann, daß ich nicht mehr nach Monte Carlo reisen würde. Er selbst war so bestürzt über meinen Mißerfolg, daß er viele Abende mit eifrigen Kalkulationen zubrachte. Schließlich entdeckte er seinen Irrtum, war sehr beschämt und bat mich, doch wieder für ihn an die Riviera zu reisen. Ich gab seinem Drängen schließlich nach.«

»Einen Augenblick«, unterbrach ich sie. »Eins ist mir noch nicht klar. Pontius hat mir erzählt, daß Sie geheimnisvolle Briefe erhielten, und zwar immer, bevor Sie nach Monte Carlo reisten.«

Sie lächelte.

»Das waren Zahlentabellen und Instruktionen, die er mir schickte. Mir selbst war die ganze Geschichte verhaßt, und ich hatte mich fest entschlossen, meine Stellung bei der Bank aufzugeben, sobald die Schuld meines Vaters abgetragen war. Sie wissen ja, daß ich meinen Vorsatz auch ausführte. Ich schrieb ihm einen Brief und teilte ihm mit, daß ich nicht mehr für ihn in Monte Carlo spielen würde. Das muß ihn sehr verärgert haben. Vielleicht fürchtete er auch, ich könnte ihn bloßstellen, denn in seiner Antwort beschwor er mich, nichts von seinem Geheimnis zu verraten. Er drohte mir sogar, mich bei Gericht anzuzeigen und ins Gefängnis zu bringen, wenn ich mein Schweigen brechen würde. Aber ich glaube, er hätte es nie gewagt, diese Drohung auszuführen!«

»Da irren Sie sich. Er ging zu Leslie Jones und beauftragte ihn, Sie vor einer Rückkehr nach Elston zu warnen.«

»Nun verstehe ich alles«, entgegnete sie. »Ich habe Ihnen beiden unrecht getan.«

Lange saß sie am Tisch und stützte das Kinn in die Hand:

»Ich bin wirklich nicht traurig, daß er tot ist«, meinte sie dann. »Er war ein harter, ungerechter Mann. Ich erhielt zehn Pfund für jede Reise. Die beiden letzten Male verdoppelte er meine Bezüge, so daß ich jedesmal zwanzig Pfund verdiente. Aber er zahlte mir das Geld nicht aus, sondern buchte es von dem Konto meines Vaters ab.«

Sie erhob sich schnell.

»Mr. Mont, sagen Sie mir, was ich mitnehmen muß. Sie wissen ja in solchen Dingen Bescheid.«

»Wohin wollen Sie denn?«

»Ins Gefängnis.«

Eine Stunde später verließ ich in ihrer Begleitung die Wohnung. Ich trug die kleine Handtasche, in der sie das Nötigste mitnahm, brachte sie zur Polizeistation in Cannon Row und zeigte sie dort wegen vorsätzlichen Mordes an Sir Philip Frampton an, obwohl ich von ihrer Unschuld völlig überzeugt war.

12

Ich hatte bei all diesen Ereignissen gerade keine sehr heldenhafte Rolle gespielt, aber ich tat das einzig Mögliche. Wäre ich einer jener romantischen Romanhelden gewesen, so hätte ich die Geliebte meines Freundes der ganzen Welt zum Trotz in Sicherheit gebracht. Aber als prosaischer Mensch sorgte ich nur dafür, daß sie eine Zelle mit einem guten Bett bekam, und beauftragte meine Rechtsanwälte telegrafisch, den besten Vertreter für ihre Verteidigung zu engagieren.

Ich hatte zwei Beamten den Auftrag gegeben, das Büro genau nach der Waffe und anderen Anhaltspunkten zu durchsuchen. Nachdem ich Mary Ferrera zur Polizeistation gebracht hatte, fuhr ich direkt in die Bond Street und fand dort den Sergeanten Merthyr und den Polizisten Doyne. Sie aßen in Leslies Büro belegte Brote. Leslie saß bei ihnen und verfluchte den Tag, an dem die Firma Stabbat und Jones ihre behaglichen Räume in der Cork Street aufgegeben hatte. Er schaute ängstlich auf, als ich eintrat.

»Ich habe Miss Ferrera verhaften müssen«, sagte ich.

Er nickte traurig.

»Ja. Ich wüßte auch nicht, was Sie sonst hätten tun sollen.«

»Haben Sie etwas gefunden?« wandte ich mich an Merthyr.

Der Sergeant verneinte meine Frage.

»Haben Sie denn die Waffe, mit der Sir Philip niedergeschossen wurde? Haben Sie Miss Ferreras Wohnung durchsucht?« fragte er dann.

»Die Wohnung habe ich durchsucht, aber ich habe nichts entdeckt.«

Ich hatte mir nicht die Mühe gemacht, die Zimmer Mary Ferreras einer Prüfung zu unterziehen oder das Mädchen persönlich zu kontrollieren. Es war ja auch sehr unwahrscheinlich, daß Mary einen anderen Revolver gekauft hätte oder daß sie zwei Schußwaffen besaß. Der Revolver, den sie das erstemal bei sich hatte, lag auf dem Boden des Heizungsschachts.

Plötzlich kam mir eine Idee. Die beiden Beamten hatten sich gerade entfernt, und ich war allein mit Leslie.

»Was haben Sie denn?« fragte Leslie, der mich erstaunt ansah. »Mont, diese Geschichte wird unserer Firma ungeheuer schaden.«

»Darüber reden wir jetzt nicht. Wohin führt dieser Schacht?«

»Welchen Schacht meinen Sie?«

»Waren Sie nicht im Zimmer, als Billington den Revolver in die Öffnung an der Fensterwand warf?«

»Welche Öffnung?«

Wir traten in Billingtons Büro. Leslie drehte das Licht an, und mit Hilfe eines Brieföffners gelang es mir, die kleine Tür zu öffnen. Leslie schaute hinunter.

»Ich möchte nur wissen, wohin der Schacht führt«, sagte er nachdenklich, nahm eine Kupfermünze, ließ sie fallen und lauschte.

Er sah mich überrascht an, als er sich umdrehte.

»Sie ist direkt bis in den Keller gefallen.«

Ich erklärte ihm nun, daß es sich nach Billys Meinung hier um die frühere Heizung handelte. Leslie kannte den Portier; wir gingen beide nach unten und ließen uns von Mr. Bolt den Keller aufschließen. Der Mann zeigte uns den Raum, in dem zum Teil die Kessel noch standen. Er war durch die beiden Unglücksfälle, die im Haus passiert waren, etwas nervös geworden.

»Sie glauben doch nicht etwa, daß noch jemand umgebracht worden ist, den man unten im Keller begraben hat?« fragte er ängstlich.

»Nein, das ist nicht anzunehmen.«

Er blieb aber vorsichtshalber an der Tür und begleitete uns nicht nach innen. Wir hatten den Schacht bald gefunden, und als ich mit der Taschenlampe den Fußboden ableuchtete, entdeckte ich, was ich suchte.

»Da liegt die Waffe«, sagte Leslie, bückte sich und nahm sie auf.

Der Hahn war noch gespannt. Behutsam ließ ich ihn wieder herunter und steckte die Waffe in die Tasche.

»Hier ist auch das Kupferstück!« rief Leslie.

Wir kehrten in die Büroräume zurück, und ich legte den Revolver auf den Tisch unter die Leselampe. Bei näherer Betrachtung stellte ich fest, daß noch alle sechs Patronen vorhanden waren. Daraufhin untersuchte ich die Waffe genauer und fand, daß sie überhaupt nicht abgeschossen worden war.

Billy hatte voreilig gehandelt! Als er Mary die Waffe aus der Hand nahm und sie in den Keller warf, beseitigte er damit den Beweis ihrer Schuldlosigkeit.

Mir war es ganz klar, daß der Mann, der auf Thomson Dawkes geschossen hatte, auch der Mörder Sir Philip Framptons sein mußte. Auf keinen Fall aber konnte es Mary Ferrera gewesen sein.

»Sie werden die Sache niemals ganz aufklären können, Mont«, sagte Leslie schließlich. »Es gibt nur einen Mann, der dieses Geheimnis lösen könnte, und der sitzt jetzt in Dartmoor. Wir müssen ihn unter allen Umständen herausbringen.«

Ich sah ihn verblüfft an.

»Wie meinen Sie denn das?«

»Genauso, wie ich eben sagte. Miss Mary hat ihm doch schon früher den Vorschlag gemacht, aus dem Gefängnis auszubrechen. Ich hielt das damals nicht für möglich oder notwendig. Aber jetzt ist die Sache sehr ernst geworden, und wir müssen alles daransetzen, daß er aus dem Gefängnis kommt.«

Ich hörte wohl, was Leslie dann noch sagte, konnte mir aber nicht denken, daß der Plan gelingen würde.

»Wir werden ja sehen«, erklärte er schließlich.

Einen Gefangenen aus dem Gefängnis in Dartmoor zu befreien, das mag ja noch angehen, aber es ist unendlich schwierig, ihn aus dieser großen, einsamen Heide fortzubringen.

An diesem Abend schlief ich lange nicht ein und zergrübelte mir den Kopf, wie wir unseren Plan ausführen könnten.

Das Verhör Mary Ferreras vor dem Polizeigericht war merkwürdig und unterschied sich von allen anderen, die ich bisher erlebt hatte. Gewöhnlich werden bei dem ersten Verhör nur die notwendigsten Zeugen vernommen, aber in diesem Fall hatte man auch den Rechtsanwalt Mr. Tranter vorgeladen, an den der Ermordete kurz vor seinem Tod geschrieben hatte.

»Haben Sie den Toten wiedererkannt?« fragte der Staatsanwalt.

»Ja.«

»Wer ist es?«

»Sir Philip Frampton.«

»Besaß er ein großes Vermögen?«

»Soviel ich weiß, war er sehr reich. Er hatte ungefähr vier bis fünfhunderttausend Pfund.«

»Hat er ein Testament hinterlassen?«

»Nein. Vor drei Jahren haben wir in seinem Auftrag ein Testament aufgesetzt. Verschiedene der Bestimmungen paßten ihm aber in letzter Zeit nicht mehr, und er wollte sie ändern. Wir gaben ihm zu Anfang den Rat, einen Nachtrag zu machen, aber das wollte er nicht. Er vernichtete das Testament und war gerade im Begriff, ein anderes aufzustellen, als er ermordet wurde.«

»Dann existierte also im Augenblick des Todes kein gültiges Testament?«

»Nein, es war keines vorhanden.«

»Wer ist unter diesen Umständen sein Erbe?«

»Miss Mary Ferrera.«

Sie erhob sich von der Anklagebank und starrte den Rechtsanwalt mit weitaufgerissenen Augen an.

»Ich – ich wußte das nicht«, stammelte sie.

Ihr Verteidiger gab ihr einen Wink, sich wieder zu setzen.

»Welche Bestimmungen des Testaments wollte Sir Philip ändern?«

»Er hatte der Gesellschaft zur Unterdrückung des Glücksspiels fünftausend Pfund vermacht; diese Schenkung wollte er zurückziehen.«

Mit dieser unerwarteten Antwort endete die Verhandlung für diesen Tag.

Mary Ferrera war also eine reiche Frau! Das war allerdings ein sehr ungünstiger Umstand für sie, denn darin würde das Gericht wahrscheinlich ein Motiv für das Verbrechen sehen. Leslie war auch zugegen gewesen, aber nicht als Zeuge vernommen worden. Die Verhandlung wurde auf eine Woche vertagt, damit die Staatsanwaltschaft weiteres Material herbeischaffen konnte.

Ich trat mit Leslie auf die Straße.

»Ich gab Ihnen doch damals dreihundert Pfund, die Billy gehörten?« sagte er.

»Ja. Hundert Pfund überließ ich Miss Ferrera.«

»Wenn es Ihnen nichts ausmacht, möchte ich Sie jetzt um den Rest bitten. Wir müssen alles Geld zusammenkratzen, das wir bekommen können. Die Sache wird mindestens viertausend Pfund kosten.«

»Was meinen Sie denn – doch nicht die Verteidigung?«

»Ich denke vor allem daran, Billy aus dem Gefängnis zu befreien. Das ist ein Teil der Verteidigung – ja, es ist sogar die einzige Verteidigung, die uns bleibt.«

13

Als ich nach Scotland Yard kam, fand ich dort eine Nachricht von Thomson Dawkes. Er fragte an, ob er mich besuchen könne, und bat um telefonischen Bescheid.

Ich läutete ihn an und bestellte ihn sofort in mein Büro.

Eine halbe Stunde später saß er mir am Schreibtisch gegenüber.

»Ich habe in den Zeitungen von der Verhaftung Miss Ferreras gelesen. Aber ich bin davon überzeugt, daß sie unschuldig ist. Hatte Stabbat einen Feind?«

»Mehr als einen.«

Allem Anschein nach wußte Dawkes nicht, wie er mir den Zweck seines Besuches erklären sollte, aber schließlich faßte er Mut.

»Mr. Mont, Sie müssen mich richtig verstehen und dürfen das, was ich Ihnen jetzt sage, nicht falsch auslegen. Ich habe keine bösen Absichten mehr, und es tut mir aufrichtig leid, daß ich Miss Ferrera so niederträchtig behandelt habe. Und nun ist viel Geld für ihre Verteidigung nötig. Ich möchte Ihnen deshalb anbieten, von meiner Bank jede Summe abzuheben, die Sie brauchen.«

Ich drückte seine Hand.

»Ich danke Ihnen, Mr. Dawkes, aber das wird nicht notwendig sein. Haben Sie den Bericht über die Verhandlung noch nicht gelesen?«

»Nein«, erwiderte er erstaunt.

Ich teilte ihm mit, daß Miss Ferrera das große Vermögen Framptons geerbt hatte.

»Donnerwetter!« rief er überrascht. »Dann sieht die Sache aber sehr böse für sie aus. Der einzige, der diese verworrene Geschichte klären könnte, ist unser Freund Billington Stabbat.«

Ich sah ihn an und lachte.

»Mit dieser Ansicht stehen Sie nicht allein.«

»Gibt es nicht eine Möglichkeit, ihn zu befreien?«

»Sie sind tatsächlich ein Mann nach meinem Herzen. Gehen Sie doch einmal zu Leslie Jones. Er ist der Assistent von Billington Stabbat.«

»Ja, ich kenne ihn.«

Später, am Nachmittag, traf ich Leslie; er war in der besten Stimmung.

»Ich habe Dawkes getroffen. Nie hätte ich gedacht, daß der Mann so nett sein könnte.«

Er lachte und schlug sich mit der flachen Hand aufs Knie.

»Es ist doch eine verrückte Welt, Mr. Mont! Ausgerechnet Dawkes will Billy helfen!«

»Haben Sie denn schon irgendeinen festen Plan gemacht?«

»Gewiß!«

Am nächsten Tag mußte ich Leslie in einer anderen Angelegenheit anrufen, erfuhr aber von dem jungen Mann im Büro, daß er die Stadt verlassen hätte und nicht vor vierzehn Tagen zurückkommen würde. Meine Neugierde war nun erwacht, und ich läutete bei Thomson Dawkes an.

Ich erhielt den Bescheid, daß er am Vormittag nach Südfrankreich abgereist wäre.

Wir hatten Anfang Juni, und zu dieser Jahreszeit fahren Leute wie Thomson Dawkes im allgemeinen nicht an die Riviera. Um ganz sicher zu gehen, telefonierte ich mit den Kontrollbeamten in Dover und Folkestone, die die Dampfer über den Kanal begleiten, und fragte an, ob Thomson Dawkes unter den Passagieren gewesen wäre. Sie kannten ihn persönlich, verneinten aber meine Frage entschieden.

Ich hatte dann eine Unterredung mit Miss Ferrera und sagte ihr, was geschehen war. Sie sah mich überrascht an.

»Was, Mr. Dawkes will mir helfen? Das ist unmöglich, einfach unmöglich!«

Ich erzählte ihr nun, wie sehr sich Dawkes wegen seines früheren Benehmens schämte.

»Hat Leslie ihn denn als Bundesgenossen angenommen?«

Ich nickte.

»Nun, dann ist ja alles in Ordnung.«

Als ich sie das nächstemal bei der Verhandlung sah, wurde der Fall ausführlich untersucht. Auch ihre Besuche in Monte Carlo kamen zur Sprache. Glücklicherweise fiel es dem Staatsanwalt nicht ein, sie mit dem früheren Vorfall in Stabbats Büro in Verbindung zu bringen. Am Ende der Verhandlung wurde die Sache wieder auf eine Woche vertagt, und ich konnte Miss Ferrera verschiedene Male im Holloway-Gefängnis besuchen. Ich war über ihre außerordentliche Ruhe und Zuversicht erstaunt, denn ich selbst war sehr besorgt um sie.

»Meiner Meinung nach unternehmen Leslie und Dawkes etwas Unmögliches, und ich fürchte, sie bringen sich in große Gefahr. Bis jetzt ist noch kein Sträfling aus Dartmoor entkommen.«

»Wir werden ja sehen«, sagte sie vergnügt und sah mich sonderbar an.

Als ich an diesem Abend von Scotland Yard fortgehen wollte, erhielt ich ein dringendes Telegramm. Es kam aus Princetown und war um halb vier von dem Gefängnisdirektor von Dartmoor aufgegeben worden.

»Sträfling Billington Stabbat«, lautete die Nachricht, »heute morgen ausgebrochen. Wahrscheinlich mit Hilfe von Leuten außerhalb des Gefängnisses. Sendet Beamten, der ihn kennt und ihn in Zivilkleidern identifizieren kann. Beobachtet Stadtwohnung. Sehr dringend.«

Also hatten sie doch Erfolg gehabt, und er war entkommen!

»Was haben Sie da, Mr. Mont?« fragte mich plötzlich jemand.

Ich wandte mich schnell um und sah Inspektor Jennings in der Tür. Der Chefinspektor war krank, kam diese Woche nicht ins Büro und wurde ausgerechnet von Jennings vertreten.

»Das Telegramm wird auch Sie interessieren«, sagte ich ärgerlich und reichte es ihm.

Er las es schnell durch.

»Fahren Sie hin?« fragte er, nachdem er mir einen bösen Blick zugeworfen hatte.

»Ja, ich wollte den Abendzug nehmen.«

»Ich werde Sie begleiten«, erwiderte er mit einem unangenehmen Lächeln. »Zwei sehen mehr als einer, und zwei Augen, die den Entflohenen erkennen, sind sehr gut am Platz, wenn ein Paar andere Augen kurzsichtig werden und ihn entkommen lassen wollen.«

Ich musterte ihn vom Kopf bis zum Fuß.

»Ich wußte nicht, daß Stabbat Ihr Freund ist«, entgegnete ich, »oder daß Sie sich so für ihn ins Zeug legen wollen.«

Es wäre mir vielleicht gelungen, Jennings zurückzuhalten, aber gleich darauf kam ein zweites Telegramm aus Dartmoor, und darin wurde um mehrere Beamte ersucht, die Billington Stabbat persönlich kannten.

Ich reiste also mit Jennings ab, und am nächsten Morgen waren wir im Gefängnis von Dartmoor. Es war nicht mein erster Besuch in dieser trostlosen Gegend. Es gibt wohl kaum einen deprimierenderen Anblick als die Gefangenen, die in langen Reihen durch die Gefängnistore gehen, um in den Steinbrüchen zu arbeiten.

Wir sprachen mit dem Direktor. Billington Stabbat war in den letzten Tagen für den Außendienst verwandt worden und hatte mit mehreren anderen Gefangenen in einer Scheune gearbeitet, wo sie Heu abluden. Billington war sehr geschickt und führte sich so musterhaft, daß die Gefängnisleitung nicht zögerte, ihn auf Außenarbeit zu schicken. Die üblichen Vorsichtsmaßregeln waren getroffen, und ein bewaffneter Wärter begleitete die vier Mann, die zu der Scheune abkommandiert waren.

Das Gebäude lag in der Nähe der Hauptstraße, die quer durch das Moor nach Tavistock führt. Die Straßenränder werden dort durch ein Meter zwanzig hohe Steinmauern gebildet. Die Steine sind nicht durch Mörtel verbunden, sondern nur aufeinandergelegt. Hunderte solcher Mauern durchziehen die Gegend von Dartmoor. Viele wurden von französischen Gefangenen aus den napoleonischen Kriegen errichtet.

Der Wärter hatte sich ungefähr dreißig Schritte von dem Schuppen entfernt auf die Mauer gesetzt und das geladene Gewehr über die Knie gelegt. Er wartete, bis die Leute zum Mittagessen ins Gefängnis zurückmarschieren sollten. Während er dort saß, fuhr ein grauer Wagen die Straße entlang, in dem ein Chauffeur und eine große, stattliche Dame saßen. Der Chauffeur hielt in der Nähe des Wärters, stieg aus und beobachtete die Gefangenen bei der Arbeit. Wenige Schritte von dem Beamten entfernt lehnte er sich gegen die Mauer.

Dieser handelte nach seinen Vorschriften und forderte ihn auf, den Platz zu verlassen. Einmal ist es unerwünscht, daß Gefangene, während sie ihre Strafe absitzen, von anderen Leuten erkannt werden, zweitens besteht immer die Gefahr, daß sich jemand mit den Sträflingen in Verbindung setzt und ihnen unerlaubte Dinge zusteckt.

Der Chauffeur, der eine große Sonnenbrille trug, nickte und wandte sich ab. Plötzlich zog er einen mit Ammoniak getränkten Schwamm unter seinem Rock hervor und stieß ihn dem Wärter mit aller Gewalt vor den Mund. Betäubt von dem entsetzlichen Geruch stürzte der Beamte zu Boden und erlitt einen Erstickungsanfall. Im gleichen Augenblick sprang Billington Stabbat aus dem Schuppen und kletterte über die Mauer. Als der Wärter sich so weit erholt hatte, daß er das Gewehr gebrauchen konnte, war die Limousine schon ein gutes Stück entfernt. Trotzdem aber gelang es ihm noch, den Wagen zu treffen.

Kurz darauf dröhnte ein Kanonenschuß, der die ganze Gegend warnte, daß ein Sträfling entsprungen war. Die kleinen Ortschaften und Dörfer in der Nähe wurden telegrafisch benachrichtigt, und überall wurden die Straßen durch Polizei scharf bewacht.

So standen die Dinge, als ich in Dartmoor ankam. Allerdings war das Auto bereits gefunden. Den Einschlag des Geschosses konnte man auf der Rückseite deutlich sehen. Die Beamten hatten den Wagen verlassen auf einer Straße gefunden. Eine Fünfzigpfundnote war mit einer Stecknadel auf dem Rücksitz befestigt, und auf einem beiliegenden Zettel wurde ersucht, diese Summe der Firma auszuhändigen, die den Wagen geliehen hatte. Als wir uns später telefonisch bei dem Autoverleih erkundigten, erfuhren wir, daß der

Fremde, der das Auto mietete, sich Sir Philip Frampton genannt hätte. So frech konnte nur Leslie gewesen sein.

Ich begriff alles, nur wußte ich nicht, wer die stattliche Dame in dem Wagen gewesen war. Aber plötzlich kam mir eine Idee, und ich hätte beinahe laut losgelacht. Thomson Dawkes mußte diese Rolle gespielt haben! Allerdings hatte er zu diesem Zweck wohl seinen schwarzen Bart opfern müssen.

Ich fragte den betreffenden Wärter noch genauer über die »Dame« aus.

»Ja, sie hatte allerdings sehr grobe Züge«, meinte er und beschrieb damit zutreffend die gewaltige Nase und das runde Kinn von Dawkes. Wohin mochten sie Billy nur gebracht haben? Leslie war sehr vorsichtig und überließ im allgemeinen nichts dem Zufall. Vierzehn Tage lang hatte er die Sache vorbereitet.

Die Gefängnisdirektion ließ von einem Spezialisten alle Briefe genau untersuchen, die Billy in der letzten Zeit erhalten hatte. Der Fachmann fand eine Anzahl von Schreiben, deren Unterschrift »Dein Liebling Li« lautete. Sie zeichneten sich durch bedeutende Länge aus, und dem Beamten gelang es tatsächlich, den darin versteckten Geheimcode zu entziffern. Man mußte immer das letzte Wort in der ersten, das zweitletzte Wort in der dritten, das drittletzte in der fünften Zeile und so weiter lesen. Dadurch erhielt man folgende Nachricht:

Mary im Gefängnis unter Verdacht, Frampton erschossen zu haben. Am zwölften Mai auf graues Auto warten und zur Flucht bereithalten. Werde Außenabteilung entdecken, in der Sie arbeiten.

»Gut, daß wir das wissen«, sagte Jennings, »aber wo sind sie jetzt?«

Der Gefängnisbeamte, mit dem wir sprachen, zuckte nur die Schultern.

»Auf jeden Fall entkommt er mir nicht«, erklärte Jennings. Der Himmel mochte wissen, welchen persönlichen Groll er gegen Billy haben mochte. »Ich würde ihn auf eine Meile weit erkennen. Man kann ihn unmöglich verwechseln. Wahrscheinlich werden sie versuchen, einen Zug zu erreichen.« Er strich mit der Hand über sein dickes Kinn. »Sie können aber nur von einer Station abfahren, und das ist Tavistock. Wir müssen sofort hin, Mont.«

»So, müssen Sie das?« brummte ich, aber dann wurde mir plötzlich klar, daß es für mich besser war, bei ihm zu bleiben. Wenn Billy entkam, trug er die volle Verantwortung.

»Sie brauchen nicht mitzukommen, wenn Sie nicht wollen«, erwiderte er. »Wenn Sie –«

»Wenn ich etwas Besseres wüßte, würde ich es tun. Aber ich habe es mir überlegt, ich komme mit Ihnen.«

Am Nachmittag machten die Beamten, die die Gegend absuchten, eine Entdeckung. Sie fanden eine sorgfältig vorbereitete Erdhöhle, aber sie war leer. Ich vermutete, daß Leslie auch dafür verantwortlich war. Er war stark, so daß er solche Arbeiten leicht ausführen konnte. Aber er mußte von seinem Plan abgekommen sein, weil die Gefahr, entdeckt zu werden, zu groß war. Nachdem ich das Gelände inspiziert und alle Möglichkeiten der Flucht erwogen hatte, fiel mein Verdacht auf einen Bauern, dessen Haus auf der Heide in der Nähe von Tavistock lag. Mein Argwohn wurde dadurch geweckt, daß nach Aussagen der Anwohner vor vierzehn Tagen ein Mann, der Leslie Jones glich, das Grundbuchamt der Gegend eingesehen hatte. Ich wußte sofort, worauf er hinauswollte. Er suchte nach Leuten, denen es schlecht ging, und dieser Bauer stand dicht vor dem Bankrott. Es waren verschiedene Zahlungsbefehle gegen ihn erlassen, aber einige Zeit darauf war er wieder zahlungsfähig und kaufte sich sogar ein Auto. Den Nachbarn und Freunden erzählte er, daß in Australien ein Onkel von ihm gestorben wäre und ihm fünftausend Pfund hinterlassen hätte. Aber niemand in Dartmoor hatte jemals davon gehört, daß er Verwandte in Australien besaß.

Jennings und ich fuhren in einem kleinen Wagen nach Tavistock und stellten uns auf dem Bahnsteig auf. Wir betrachteten mißtrauisch jeden Reisenden, der von hier abfahren wollte.

Zwei, sogar drei Tage vergingen, und wir erhielten keine neuen Nachrichten über den Flüchtling. Am vierten Tag wurde ich telegrafisch nach London abberufen. Auch Jennings bekam ein Telegramm. Jedenfalls enthielt es einen Vorwurf, denn er zeigte es mir nicht. Der Zug, der um zwei Uhr siebenundfünfzig abging, war der letzte, den wir beobachteten. Mit dem nächsten kehrten wir nach London und nach Scotland Yard zurück.

Es war ein regnerischer, feuchter Tag. Der Wind fegte über die Ebene von Dartmoor; ich fand es sehr ungemütlich auf dem Bahnsteig, und Jennings war schlecht gelaunt. Es stiegen nur drei Passagiere nach London ein, und zwar eine Dame, die der Stationsmeister kannte, ein Handlungsreisender, dessen Identität ebenfalls feststand, und eine große, verschleierte Dame.

»Das ist sie«, sagte Jennings. »Die Beschreibung stimmt genau.«

Außer diesen drei Passagieren wurden nur noch zwei Sträflinge in Ketten zu dem Zug geführt, bewacht von einem bärbeißigen alten Wärter.

»Die Gefangenen sehen ganz erbärmlich aus«, erklärte Jennings, der die Leute betrachtete.

»Ich werde die große Dame einmal etwas näher in Augenschein nehmen«, sagte Jennings. Er hoffte, zum Schluß wenigstens noch einen teilweisen Erfolg zu erringen.

»Ich gebe Ihnen den guten Rat, das bleiben zu lassen«, erwiderte ich, aber er wollte nicht auf mich hören.

»Warum soll ich nicht alles tun, um diese Sache zu klären?«

Ich zuckte nur die Schultern.

Im nächsten Augenblick ging er im Regen den Zug entlang und riß schließlich die Tür zu dem Abteil erster Klasse auf, in das die Dame eingestiegen war.

Sie saß allein darin.

»Entschuldigen Sie«, begann Jennings und lüftete den Hut, »wir suchen einen entsprungenen Sträfling.«

»Hoffentlich finden Sie ihn«, entgegnete sie. Er konnte an der Stimme deutlich hören, daß es eine Frau war, aber trotzdem gab er sich noch nicht zufrieden.

»Ich muß Sie bitten, Ihren Schleier abzulegen, Madame«, sagte er mit fester Stimme.

»Wie kommen Sie dazu, ein derartiges Verlangen an mich zu stellen? Das fällt mir gar nicht ein!«

»Dann bleibt mir nichts anderes übrig, als Sie aus dem Zug zu holen und Sie zu verhaften.«

Das war der Anfang einer recht unangenehmen Auseinandersetzung, die nachher noch eine Zeitlang schriftlich zwischen dem Polizeipräsidenten und der Herzogin von Babbacombe fortgesetzt wurde. Denn niemand anders war die verschleierte Dame in dem Abteil erster Klasse. Jennings wäre beinahe aus dem Dienst entlassen worden.

»Nun, wir haben unser Bestes getan«, meinte er, als wir zusammen in den Zug nach London einstiegen. »Und ich bin fest davon überzeugt, daß Stabbat nicht vom Bahnhof Tavistock entkommen ist.«

Ich erwiderte nichts. Billy hatte ich in seiner Verkleidung als Gefangenenwärter nicht erkannt. Der graue Schnurrbart war ein Meisterstück für sich. Aber ich hatte sehr wohl bemerkt, daß Leslie der Gefangene Nummer eins und der große Thomson Dawkes Sträfling Nummer zwei waren.

14

»Ach, ist Billy wirklich entkommen?« fragte Leslie mit gutgespielter Überraschung. »Ich möchte nur wissen, wie er aus Dartmoor herausgekommen ist.«

»Vielleicht im Flugzeug.«

»Möglich«, entgegnete Leslie und machte sich mit einer Anzahl von Akten zu schaffen. »Das halte ich sogar für durchaus möglich.«

»Ich werde Ihnen sagen, was ich von der Sache halte«, erklärte ich.

Unsere Unterhaltung fand einen Tag nach unserer Abfahrt von Tavistock statt.

»Es fällt einem Sträfling leicht, von Dartmoor zu entkommen, wenn er nur die nötigen Verbündeten hat. Seine Freunde verkleiden sich als Gefangene, die in ein anderes Gefängnis abtransportiert, werden sollen, und der Sträfling selbst spielt den Gefangenenwärter. Niemand wird sie anhalten und ausfragen, denn es kommt kein Mensch auf den Gedanken, daß Sträflinge auf diese Art entfliehen könnten.«

Er sah mich mit einem rätselhaften Lächeln an.

»Das ist allerdings eine glänzende Idee, Mr. Mont. Warum schreiben Sie eigentlich keine Kriminalromane?«

»Leslie!« sagte ich leise.

»Ja, Mr. Mont, was wünschen Sie?«

»Glauben Sie, daß Billy hierher ins Büro kommen will?«

»Wir werden ja sehen, Mr. Mont.«

»Ich fürchte nur, daß das zu einer Katastrophe führen wird. Draußen stehen zwei Polizisten, die das Haus streng bewachen.«

Leslie legte seine Akten nieder und sah mir offen in die Augen.

»Mr. Mont, Sie können sich auf mich verlassen. Die beiden Polizisten waren schon hier oben und haben die Räume durchsucht.

Seien Sie so gut und gehen Sie jetzt einmal in Billys Büro. Dort finden Sie Senor Tobasco aus Chile.«

Ich zögerte, aber es blieb mir nichts anderes übrig. Ich hatte mich schon zu weit in die ganze Sache eingelassen. Als ich eintrat, saß Billy Stabbat an seinem Schreibtisch und rauchte gelassen eine große Zigarre. Ich schüttelte ihm erfreut die Hand, und es kam mir nicht im geringsten der Gedanke, daß ich meinen Diensteid dadurch verletzte. Mein Gewissen hatte ich auf Ferien geschickt.

»Ich freue mich, Sie wiederzusehen, Billy. Aber ist das nicht viel zu gefährlich?«

»Die Tür ist ja verschlossen«, entgegnete er gleichgültig. »Außerdem gibt es einen Ausgang hier im Haus, den die Polizei nicht kennt. Vor allem müssen wir jetzt sehen, daß wir Mary freibekommen. Sie dürfen mir glauben, daß ich das fertigbringe, denn ich habe den Mörder Sir Philip Framptons gefunden.«

Ich sah ihn erstaunt an.

»Ich habe im Gefängnis einige Wochen in derselben Abteilung wie er gearbeitet.« Billy lachte vergnügt. »Ich wette, George ist ganz außer sich vor Wut, daß es mir gelungen ist, zu entfliehen. Aber er wird bald noch einen viel größeren Schrecken haben. Seinen Bruder habe ich ins Gefängnis gebracht, aber George kommt an den Galgen!«

Er faßte mich am Arm.

»Mont, Sie sind ein braver Kerl. Ich habe Sie in alle möglichen Gefahren und Unannehmlichkeiten gebracht, und ich hätte auch kein Wort gesagt, wenn Sie nicht mehr mitgespielt hätten. Was Sie für mich und Mary getan haben, soll Ihnen nicht vergessen werden. Heute will ich es wenigstens zum Teil wiedergutmachen. Bringen Sie Jennings heute nachmittag um zwei Uhr hierher, ebenso den Chefinspektor von Scotland Yard. Ich will mich ihm selbst stellen. Zum Glück kann ich beweisen, daß ich zu Unrecht verurteilt wurde. Mary ist vollkommen unschuldig. Es wird leicht sein, auch das klarzustellen. Bei mir ist die Sache schon schwieriger, denn ich habe zugegeben, daß ich schuldig bin. Ich muß eine sehr lange umständliche Erklärung abgeben.«

Ich hörte ihm erstaunt zu.

»Ist es tatsächlich Ihr Ernst, daß ich den Chefinspektor und Jennings hierherbringen soll?«

»Ja. Ich werde rechtzeitig da sein und Sie empfangen. Wir haben die Nacht hier zugebracht, nachdem wir in London ankamen. Die Kleider haben wir natürlich im Zug gewechselt. Und rasiert haben wir uns auch, bevor wir Exeter erreichten. Leslie hat seine Sache großartig gemacht. Ja, es ist wirklich mein Wunsch, daß Sie die beiden Beamten hierherbringen. Nachher können Sie wieder nach Dartmoor fahren und George Briscoe verhaften. Sie haben die Untersuchung des Falles in Händen.«

Ich wollte meinen Ohren kaum trauen, aber er sprach vollkommen ernst. Als ich fortging, schrieb er weiter an einem Brief, der bereits viele Seiten umfaßte. Ich vermutete, daß das Schreiben an Mary gerichtet war.

Es lag gerade keine sehr angenehme Aufgabe vor mir, aber ich faßte doch Mut und trug dem Chefinspektor mein Anliegen vor.

»Ich – ich habe Stabbat aufgespürt«, sagte ich und versuchte, möglichst ruhig zu erscheinen.

Er drehte sich sofort um und sah mich über seine Brillengläser hinweg an.

»Was? Wie haben Sie denn das gemacht? Und auf welcher Polizeistation haben Sie ihn abgeliefert?«

»Verhaftet habe ich ihn nicht«, erwiderte ich äußerlich ruhig. »Der Mann ist unschuldig und aus dem Gefängnis ausgebrochen, um seine Unschuld zu beweisen.«

»So?«

Eine peinliche Pause entstand.

»Wie will er sie denn beweisen?« fragte der Chefinspektor endlich.

Nun erzählte ich ihm, daß ich mit Billy vor ein paar Minuten eine lange telefonische Unterredung gehabt hätte und daß er uns in seinem Büro sprechen wollte.

»Mich will er sprechen!« rief der Chefinspektor und schlug mit der flachen Hand auf den Tisch.

»Ja, Sie und Inspektor Jennings. Ich weiß nicht, ob ich Jennings dazu bringen kann, daß er dorthin geht –«

»Kümmern Sie sich nicht darum. Das mache ich schon.«

Um halb drei fuhren wir in einem Dienstwagen zu Billy.

Jennings hatte ich nicht gesagt, worum es sich handelte. Als er in das Büro trat, sah er am Schreibtisch Billy, der eine Zigarre im Munde hatte. Ich dachte, Jennings würde der Schlag rühren. »Stabbat!« rief er. »Ich verhafte Sie!«

Billy brachte ihn durch eine scharfe Handbewegung sofort zum Schweigen.

»Soweit sind wir noch nicht, Mr. Jennings. Ich bat Sie, heute hierherzukommen, um Ihnen verschiedenes zu zeigen.«

»Lassen Sie den Schwindel«, erwiderte Jennings, der vor Ärger krebsrot im Gesicht geworden war.

»Ich glaube aber, daß ich Sie von meiner Schuldlosigkeit überzeugen kann«, lächelte Billy.

»Das werden wir ja sehen!« schrie Jennings. Leslie und ich lachten laut auf, als wir Billys Lieblingsausspruch hörten.

»Was ist denn los?« fragte der Chefinspektor.

»Das erkläre ich Ihnen später«, entgegnete ich.

Jennings wandte sich in höchster Empörung an unseren Vorgesetzten.

»Ich weiß nicht, ob Sie wissen ...« begann er, aber der Chef winkte ab.

»Wir wollen erst hören, was uns Stabbat zu sagen hat«, entschied er.

»Ich bat Sie, hierherzukommen, und ich will Ihnen nun erklären, wie auf zwei Leute in diesem Raum geschossen wurde. George Briscoe ist dafür verantwortlich. Sie werden wahrscheinlich schon von ihm gehört haben.«

»Ach, meinen Sie den kanadischen Verbrecher?« fragte der Chefinspektor.

»Ja. Seinen Bruder Tom habe ich überführt, aber George entging damals der Strafe und wurde vom Gericht freigesprochen. Später kam er nach England, um mit mir abzurechnen, weil ich seinen Bruder lebenslänglich ins Gefängnis gebracht hatte. Er ist einer der klügsten und tüchtigsten Mechaniker und wie sein Bruder als Experte in Schlössern unübertroffen. Er wollte sich an mir rächen und fand eine Gelegenheit dazu, als ich diese Büroräume bezog. Er bestach den Polier, der die Arbeiten beaufsichtigte, und erhielt die Anstellung, die er haben wollte. Ich erkannte ihn sofort, ließ ihn aber ruhig hier arbeiten, weil ich glaubte, er wolle mich auf der Stelle niederschießen und dann fliehen. Wenn es sich aber um Schnelligkeit beim Schießen handelt, nehme ich es mit jedem anderen auf. George hatte jedoch ganz andere Absichten.«

Jennings hatte sich inzwischen in dem Schreibtischsessel niedergelassen, den Billy freigemacht hatte.

»Hoffentlich dauert diese Geschichte nicht zu lange«, sagte er, aber der Chef brachte ihn durch einen strengen Blick zum Schweigen.

»Erzählen Sie weiter, Stabbat.«

»Er hat einen Plan zur Ausführung gebracht, der verteufelt schlau ist. Ich weiß wirklich nicht, ob ich den Mann hassen oder bewundern soll. Ich habe mich später erkundigt und erfahren, daß er zwei Tage lang allein in diesem Büro arbeitete. In dieser Zeit baute er eine automatische Pistole hier ein. Die Auslösung des Schusses erfolgt durch elektrischen Strom, und zwar immer dann, wenn man die Klingel auf dem Tisch drückt. Natürlich nahm er an, daß ich der erste sein würde, der die Klingel benützen und dadurch den tödlichen Schuß gegen mich selbst auslösen würde.«

»Ach, das ist doch alles Unsinn! Uns können Sie doch solche Märchen nicht erzählen!« rief Jennings. »Diese Klingel ...«

In diesem Augenblick geschah es. Ich hörte, wie Billy dem Inspektor eine Warnung zuschrie und sich selbst flach auf den Boden warf. Jennings ließ sich aber nicht abhalten – er drückte auf den Knopf ...

Eine ohrenbetäubende Detonation folgte; ein Geschoß streifte den Inspektor, der sich weit vorgebeugt hatte, an der Schulter und zerschlug dann klirrend das Fenster.

»Glauben Sie es jetzt? Der Schuß wird durch die elektrische Klingel ausgelöst«, sagte Billy, nachdem er sich langsam wieder vom Boden erhoben hatte. »Und wenn Ihr Kopf etwas höher gewesen wäre, hätte ihn das Geschoß getroffen.«

Jennings war weiß wie ein Tischtuch und zitterte am ganzen Körper, obwohl ihn die Kugel nur an der Schulter gestreift hatte. Er hatte den Schreibtischsessel zurückgeschoben und sich deshalb weit vorbeugen müssen, um zu klingeln.

»Um Himmels willen!« rief der Chefinspektor. »Woher ist der Schuß denn gekommen?«

»Aus dem Maul des rechten Löwen am Kamin. Ich werde Ihnen alles genau zeigen.«

Billy winkte Leslie, und die beiden zogen und drehten an dem Marmorkopf. Nach einiger Zeit gab er nach, und sie legten das schwere Steinstück auf den Boden, nachdem sie vorher einen Verbindungsdraht entfernt hatten. Im Innern sah man deutlich eine Pistole, die in einer Höhlung einzementiert war. Selbst ein Laie konnte den Mechanismus der elektrischen Auslösung ohne weiteres erkennen.

»Bei dem ersten Unglück, das hier passierte, sah es so aus, als hätte jemand auf meinen Freund Thomson Dawkes geschossen. Aber Dawkes selbst hatte auf den Klingelknopf gedrückt, um jemand verhaften zu lassen.«

»Ihre letzte Bemerkung klingt etwas unklar, Stabbat, aber ich glaube, ich verstehe Sie«, erwiderte der Chefinspektor.

»Die betreffende Person hatte einen Revolver in der Hand, hat ihn aber nicht abgedrückt. Das habe ich inzwischen erfahren. Zuerst hatte ich den Eindruck, daß tatsächlich ein Schuß abgegeben worden war. Was Sir Philip Frampton geschah, ist jetzt auch geklärt. Er schrieb einen Brief und fand, daß er mit der Feder nicht schreiben konnte, weil sie alt und verdorben war. Er sah sich um, entdeckte die Klingel und drückte auf den Knopf, um den jungen Mann hereinzurufen. Das Geschoß traf ihn so unglücklich, daß er sofort tot war. Er sprang noch auf und stürzte dann auf dem Teppich nieder.«

Der Chefinspektor untersuchte die Anlage genau.

»Damit wird also die Anklage gegen Miss Ferrera hinfällig. Ich glaube doch, daß sie die betreffende Person war?« Er warf mir einen merkwürdigen Blick zu. »Ich kann mich allerdings nicht entsinnen, daß Sie in Ihrem Bericht die Anwesenheit von Miss Ferrera erwähnten!«

»Ich habe sie nicht erwähnt«, entgegnete ich.

»Nun, dann haben Sie sie vielleicht nicht bemerkt oder übersehen«, fügte er mit einem feinen Lächeln hinzu und winkte Jennings.

»Sie dürfen von Glück sagen, Inspektor. Die beiden Polizisten, die Sie vor dem Haus aufgestellt haben, können Sie abberufen. Mr. Stabbat bleibt ja wohl noch einige Stunden hier. Der Polizeipräsident wird sich diese geniale technische Anlage sicher auch ansehen wollen.«

Ich konnte vor Freude kaum sprechen, als ich mich an diesem Nachmittag von Billy verabschiedete.

»Was wird Mary dazu sagen?« meinte ich.

Eigentlich erwartete ich die stereotype Antwort: »Wir werden ja sehen«, aber diesmal entgegnete er nichts, sondern drückte mir nur stumm die Hand.

Über tredition

Eigenes Buch veröffentlichen

tredition wurde 2006 in Hamburg gegründet und hat seither mehrere tausend Buchtitel veröffentlicht. Autoren veröffentlichen in wenigen leichten Schritten gedruckte Bücher, e-Books und audio-Books. tredition hat das Ziel, die beste und fairste Veröffentlichungsmöglichkeit für Autoren zu bieten.

tredition wurde mit der Erkenntnis gegründet, dass nur etwa jedes 200. bei Verlagen eingereichte Manuskript veröffentlicht wird. Dabei hat jedes Buch seinen Markt, also seine Leser. tredition sorgt dafür, dass für jedes Buch die Leserschaft auch erreicht wird.

Im einzigartigen Literatur-Netzwerk von tredition bieten zahlreiche Literatur-Partner (das sind Lektoren, Übersetzer, Hörbuchsprecher und Illustratoren) ihre Dienstleistung an, um Manuskripte zu verbessern oder die Vielfalt zu erhöhen. Autoren vereinbaren direkt mit den Literatur-Partnern die Konditionen ihrer Zusammenarbeit und partizipieren gemeinsam am Erfolg des Buches.

Das gesamte Verlagsprogramm von tredition ist bei allen stationären Buchhandlungen und Online-Buchhändlern wie z. B. Amazon erhältlich. e-Books stehen bei den führenden Online-Portalen (z. B. iBookstore von Apple oder Kindle von Amazon) zum Verkauf.

Einfach leicht ein Buch veröffentlichen: **www.tredition.de**

Eigene Buchreihe oder eigenen Verlag gründen

Seit 2009 bietet tredition sein Verlagskonzept auch als sogenanntes "White-Label" an. Das bedeutet, dass andere Unternehmen, Institutionen und Personen risikofrei und unkompliziert selbst zum Herausgeber von Büchern und Buchreihen unter eigener Marke werden können. tredition übernimmt dabei das komplette Herstellungs- und Distributionsrisiko.

Zahlreiche Zeitschriften-, Zeitungs- und Buchverlage, Universitäten, Forschungseinrichtungen u.v.m. nutzen diese Dienstleistung von tredition, um unter eigener Marke ohne Risiko Bücher zu verlegen.

Alle Informationen im Internet: **www.tredition.de/fuer-verlage**

tredition wurde mit mehreren Innovationspreisen ausgezeichnet, u. a. mit dem Webfuture Award und dem Innovationspreis der Buch Digitale.

tredition ist Mitglied im Börsenverein des Deutschen Buchhandels.

Dieses Werk elektronisch lesen

Dieses Werk ist Teil der Gutenberg-DE Edition DVD. Diese enthält das komplette Archiv des Projekt Gutenberg-DE. Die DVD ist im Internet erhältlich auf **http://gutenbergshop.abc.de**

FSC
www.fsc.org
MIX
Papier | Fördert
gute Waldnutzung
FSC® C083411

Zeitfracht Medien GmbH
Ferdinand-Jühlke-Straße 7
99095 Erfurt, Deutschland
produktsicherheit@kolibri360.de